ルバイヤートの謎

ペルシア詩が誘う考古の世界

金子民雄

Kaneko Tamio

a pilot of wisdom

はじめに

「ルバイヤート」などと言われても、初めて聞く人にはさっぱりわけがわからないであろう。これが詩であると言われても、どんな詩なのか訝《いぶか》る人もいるに違いない。「ルバイヤート」とはペルシア語の四行詩「ルバーイイ」の複数形を意味し、一篇《ぺん》のルバーイイはわかりやすく言えば、俳句を四つ並べたような形である。

しかし、「ルバイヤート」という言葉を知っている人にとって、この言葉は四行詩一般を表すものではなく、一一世紀のペルシアに生まれたオマル・ハイヤームがつくった詩の総称、あるいはその詩集の名称を意味している。本書も、そのオマル・ハイヤームの詩や人物をめぐることがらを記した一冊である。

オマル・ハイヤームの「ルバイヤート」にまつわることは、なかなかに複雑だ。第一に「ルバイヤート」という詩についての歴史的背景も資料もほとんど残されていない。作者オマル・ハイヤームその人についても確実な資料が乏しく、現在明らかになっていることは多くない。

そもそもオマル・ハイヤームという人物は詩人だったわけではなく、彼が詩人として評価されたのは没後二〇〇年も経ってからだ。生前のオマル・ハイヤームは哲学者であり、天文学者、数学者として著名な人物であった。

その彼が人知れずにつくっていた「ルバイヤート」が友人や知人たちのあいだに広がり、いつしか愛好者が増えていったものらしい。ただし、大半の詩の内容が当時の政府や宗教に背くものであったため、公に文字で発表されることはなかった。そのため、現在オマル・ハイヤームの作として知られている一〇〇〇篇以上の作品のうち、どれが真作でどれが偽作なのかはっきりとわからない。というより、「これがオマル・ハイヤームの作品だ」と断言できるものはただの一篇もないのである。

それにもかかわらず、全世界に「ルバイヤート」の熱心な愛好者がいる。すっかり惚《ほ》れ込んでしまい、「ルバイヤート病」に感染してこの世界から抜けられない人がいるというのも、「ルバイヤートの謎」であり、また「魅力」と言えるかもしれない。

「ルバイヤート」愛好者のなかには、これを特装本に仕立てた人も案外多くいた。表紙に宝石を鏤《ちりば》めた特装本もつくられ、これがタイタニック号とともに海の底へ沈んだことが、伝説として語り継がれている。

現在、オマル・ハイヤームの『ルバイヤート』は世界中で各々の言語に訳されているが、そのきっかけとなったのは、英国の詩人エドワード・フィッツジェラルドが原文のペルシア語から英語に翻訳したことであった。一八五九年のことで、最初の版は二五〇部というごく少部数であったにもかかわらず、当時の英国詩人が着目したことから異様なほど注目されるようになった。

ルバーイイは四行詩だと説明したが、哲学的な思考や社会に対する風刺が盛り込まれているうえ、韻もふんでいるため、原文の意味を深く考察することも、他の言語に忠実に訳すこともひじょうに困難である。たとえば日本語に訳すとなると、微妙な言い回しがうまく表現できず、だらだらと長くなってしまう。

実を言えば、フィッツジェラルドが試みた英語訳も、原語詩をそっくりうまく訳しているとは言い難い。しかし、世界各国の言葉に訳された『ルバイヤート』の多くは、フィッツジェラルドの英語版からの重訳である。わが国では戦前から戦後にかけて多くの日本語版『ルバイヤート』が出版されたが、これもまた大半がフィッツジェラルドの英語版を底本にしたものだ。

では、オマル・ハイヤームの故郷であるイランの事情はどうかと言えば、一九三四年に作家のサディク・ヘダーヤトが「信頼に足る」と判断した一四三篇を収めた『ルバイヤート』が出版されている。このヘダーヤト版を小川亮作氏が日本語に訳した一冊が、岩波文庫版『ルバイヤート』（一九四九年）である。

またイランでは、ヘダーヤトが迷った末に省いた九二篇を、ムハマド・アリ・フルギーとカシム・ガニが出版した。本書は小川氏が訳したヘダーヤト版とフルギーとガーニ版の拙訳を基に構成した。

と言っても、本書は詩集でもなく、オマル・ハイヤームや『ルバイヤート』の研究書でもない。ところどころに詩を引用しながら、『ルバイヤート』に関する史実や面白そうなエピソードを絡めた一冊である。

『ルバイヤート』をめぐる人物には、たとえば間接的ではあるが宮澤賢治やマルコ・ポーロがいる。宮澤賢治に関して言えば、彼の詩や詩の推敲《すいこう》文などを読むうち、若い時代の賢治が『ルバイヤート』の世界に触れた可能性があることに気づいたのである。

マルコ・ポーロは『東方見聞録』のなかで、「山の老人」のエピソードを記した。一二七三年、ペルシアを旅行中のマルコが聞いた話で、山の老人とはイスラム教イスマーイール派の指導者ハッサン・サッバーハのことだ。イスマーイール派は暗殺者教団とも呼ばれるが、その指導者であったサッバーハが、若い頃のハイヤームの学友であったとの伝説がある。

また、ハイヤームの故郷ニシャプールの東はアフガニスタンとの国境地帯で、マルコ・ポーロはこの地方について「美女と宝石の産地」と記述しているが、ここは別の物語の舞台にもなっている。『千夜一夜物語（アラビアンナイト）』の「シンドバードの冒険」だ。七つの海を航海し、巨万の富を得たシンドバードの生涯はもともと『シンドバード・ナーメ（シンドバードの書）』として知られていたが、このなかに「ルバイヤート」が登場するという。

　前述したように『ルバイヤート』そのものにも謎が多い。現存する古写本のなかでは、一三世紀の製本とされる一冊が、ケンブリッジ大学図書館に所蔵されている。これは一九五〇年にイランで発見されたもので、この本については後章でやや詳しく触れるが、大変めんどうな真贋《しんがん》問題が生じることになった。

『ルバイヤート』の周辺をめぐっていくと、このような謎に満ちた出来事やエピソードが次々に現れる。それらすべてを解明することは果てのない夢だが、読者のみな様にはせめて『ルバイヤート』の世界に思いを馳《は》せ、一刻でも楽しんでいただければ幸いである。

目次

はじめに——3

第一章 『ルバイヤート』とは何か——13

『ルバイヤート』との出逢い
不穏な時代に広がった四行詩
中世に記されたハイヤームのルバーイイと評価
フィッツジェラルドが世界に広めた『ルバイヤート』
現代ペルシア作家による真正『ルバイヤート』
真作をめぐる静かな争い
「贋作」断定の決め手
タイタニック号とともに沈んだ『孔雀のルバイヤート』
再復刻版『孔雀のルバイヤート』の行方
日本語で読める『ルバイヤート』

第二章　万能の厭世家、オマル・ハイヤーム――73
オマル・ハイヤームの足跡
数学者、哲学者としてのハイヤーム
王宮の天文学者としてのハイヤーム
心の叫びを詩に託して
スーフィズムとハイヤーム

第三章　『ルバイヤート』と私の奇妙な旅――111
『ルバイヤート』の故郷ニシャプールへ
ワインと美女とチューリップの楽園
イラン人の心に生きるオマル・ハイヤーム
新グレイト・ゲーム
大谷探検隊と『ルバイヤート』の不思議な因縁
敦煌文書が暴いたケンブリッジ版『ルバイヤート』の謎
外交にも利用された『ルバイヤート』

第四章　『ルバイヤート』をめぐるエピソード　141
宮澤賢治と『ルバイヤート』
賢治が飲んだ「チューリップの酒」
マルコ・ポーロが描いた「山の老人」
ハイヤームと暗殺者教団との関わり
『シンドバードの冒険』に引用された『ルバイヤート』
ハイヤームが残した予言
おわりに　185

図版作成／クリエイティブメッセンジャー

第一章　『ルバイヤート』とは何か

『ルバイヤート』との出逢い

一冊の本が、人の生き方を変えることがある。私の場合、それは三〇代を迎えて一、二年経った時期に訪れた。

その日、私は友人の父親の葬儀に行くために家を出たが、まっすぐ斎場に向かう気になれず、神保町の本屋街をうろついていてたまたま手にしたのが、岩波文庫版の『ルバイヤート』（小川亮作訳、一九四九年）だった。

一一世紀から一二世紀にかけて生きたペルシアの詩人、オマル・ハイヤームの作品を集めた本で、そこに綴《つづ》られていたのは私がそれまで親しんできた世界とは、まったく異質の世界であった。

極めて個人的な話になるが、私は当時文学を専攻する気などはまったくなく、ただ余暇の趣味として日本の歴史を古代から順に辿《たど》って古典文学を読みふけり、ようやく江戸時代に入ったところでつまずいていた。この時代を研究する専門家は大勢いるうえ、書物や資料も山のようにあるので、それにすべて当たっていたら、いつまで経っても終わらない。実はその頃、受験で何度も落ちることをくり返し、気持ちは暗くなるばかりだった。

今考えれば、当時の私は「ばか」がつくぐらい真面目なところがあり、自分の行く末を案じてノイローゼの一歩手前まできていたのだろう。そんな時、偶然出逢った『ルバイヤート』が特効薬になった。たとえば、こんな詩がある。

いつまで一生をうぬぼれておれよう、
有る無しの議論などにふけっておれよう?
酒をのめ、こう悲しみの多い人生は
眠るか酔うかしてすごしたがよかろう!

(小川訳 143番)

オマル・ハイヤームは生前、詩人ではなく、学者として天文学や数学の分野で名を成した。しかし、古い制度や慣習に満ちた社会は自由主義者のハイヤームにとって居心地が悪く、その苦しみを詩に託したようだ。

ハイヤームの詩には、恋に夢中になったり、人生の楽しみを語りかけるようなものはまったく見られない。暗い現実をじっと見つめ、この世のうつろいやすさ、悲しさを訴えてくるものばかりだ。詩には美しい「花」や「女性」、それに「酒」がふんだんに登場し、「生きているこの時を楽しもう」とくり返し詠《うた》うが、単に享楽的なわけではなく、それらはハイヤームにとって、深い憂いを晴らすために欠かせないものだったのだろう。

学問のことはすっかりあきらめ、
ひたすらに愛する者の捲毛《まきげ》にすがれ。
日のめぐりがお前の血汐を流さぬまに
お前は盃《はい》に葡萄《ぶどう》の血汐を流せ。

（小川訳　126番）

朝の一瞬《ひととき》を紅《くれない》の酒にすごそう、
恥や外聞の醜い殻を石に打とう。
甲斐《かい》のないそらだのみからさっさと手を引き、

現在、東イランのニシャプールに埋葬されている、オマル・ハイヤームの墓地（廟）

丈なす髪と琴の上にその手を置こう。　　　　　（小川訳　117番）

こうした詩に触れて、私は目から鱗《うろこ》が落ちた。そうか、もっとちゃらんぽらんでいいんだ。真面目な生き方もいいが、真面目すぎるとチャンスを逃がすことがあるかもしれない。そう気づいたら、とたんに生きることが楽になった。

その後、『ルバイヤート』に心酔しすぎ、最初に入手した版とは違う日本語版や多数の言語に訳された版を探し求めたり、作者のオマル・ハイヤームのことを調べ始めたり、ノイローゼにはならなくてすんだ代わりに、どうやら私は一時期、世に言う「ルバイヤート病」にかかってしまったようだった。ただ、深入りせず、重態にはならずに済んだ。

不穏な時代に広がった四行詩

ところで「ルバイヤート」というペルシア語は、四行詩を表す「ルバーイイ」の複数形である。四行からなるルバーイイは、二行ずつの連句で構成され、一、二、四行目の最後の語句が韻をふむのが特徴だ。

一七世紀のペルシア詩人サーイブによれば、「ルバーイイの最後の行（四行目）は、爪を心臓にぐさりと突き刺すようなもの」という。結びの語句が風刺性を有するのも、ルバーイイの特徴であるらしい。韻をふむところは漢詩と、風刺性を有するという意味では日本の俳諧《はいかい》などとの類似性が話題になることもあるが、内容はまるで違う。これは国民性の違いだろう。

ただし、ペルシアでは古代からこうした風刺のきいたルバーイイがつくられていたわけではない。ルバーイイが普及するまで、ペルシアの詩と言えば、大半が宮廷詩人によるものだった。なかでも一〇世紀から一一世紀にかけて書かれた長大な『王書《シャー・ナーメ》』は名高く、現代に至るまで各国語に翻訳されて読み継がれてきた。

『王書』には古代ペルシアの神話や歴代の王たちの歴史、伝説などが描かれている。作者のフェルドウスィーはサーマーン朝の君主に仕える詩人だったが、創作に三〇年以上を費やしたため君主が代わり、完成した『王書』はガズニ朝の君主マフムードに捧《ささ》げられた。

この『王書』に代表されるように、一一世紀頃までのペルシアの詩は物語形式の長いものが一般的で、その内容は大半が王を賛美するものだった。つまり宮廷詩人たちは、時の王を持ち上げていれば、生活に困らなかったというわけだ。王宮は常に数百人の宮廷詩人を抱えていたというが、そのなかで後世に名を残したのはフェルドウスィーらほんの数人にすぎない。

宮廷詩人たちが王のためにつくっていた詩に比べ、ルバーイイは王家や政治体制への警句を含むという意味で、ペルシア詩を革新した。この詩形を初めて取り入れたのは、一〇世紀の有名な詩人で「ペルシア詩人の父」と称されるルーダキーだと言われる。吟遊詩人として名を轟《とどろ》かせたあと宮廷に仕えたルーダキーは、長大な詩の他さまざまな形式の詩を残しているが、ルバーイイの創作に関してこんな伝説が残されている。

ある休日、ガズニ朝の首都ガズナ（現在は南アフガニスタンの一都市ガズニ）を散策していたルーダキーは、胡桃《くるみ》の実でおはじき遊びをしている少年たちを見かけて、ふと立ち止まった。「ガラタン、ガラタン、ハミ・ラヴァド・タ・バンーノーク（転がった、転がった、道の端まで転がった）」。

少年の一人が節をつけて夢中で囃《はや》したてていた言葉に触発され、ルーダキーはこれを韻律のヒントにしてルバーイイをつくったという。私もソヴィエト連邦軍が侵攻してくる以前、このガズナで子どもたちが物をぶつけて遊んでいるのを見たが、ルーダキーが見たのもこんな風景だったろう。私にとっても印象深く、懐かしい思い出だ。

一方、ルバーイイの起源はルーダキーが生まれた一〇世紀よりさらに古く、その発祥地はトルキスタン（中央アジア）、最初のルバーイイ詩人はトルコ人であったという説もある。ともあれルバーイイがペルシアに導入されたのは一〇世紀の終わり頃で、ルーダキーはこの詩形を初期に取り入れたペルシア詩人の一人とされている。

ルバーイイには「韻をふむ」、「最後の行に風刺をきかせる」という決まりごとはあるものの、たった四行で個人の感情や信念、疑問などを詠い込めるため、庶民のあいだでも広がっていったらしい。この時代、まだ文字を書けない庶民も大勢いたが、四行で完結するルバーイイなら、文字で表現しなくても勝手気ままにつくり、口にすることができる。

王侯貴族や法律家、衒《げん》学者たちを嘲笑《ちょうしょう》する手段としても、ルバーイイは使われたという。作者不明のまま世間に知られるようになったルバーイイが多いのは、こんな理由もあったようだ。

ルバーイイづくりに興じたのは庶民ばかりではない。むしろ、いち早くルバーイイをつくり始めたのは知識階級の者たちだった。一一世紀から一二世紀にかけてのペルシア人哲学者や神秘主義者たちは、古い制度や慣習の束縛から解放された自由主義の持ち主であり、宗教的な狂信に抵抗を感じる反宗教派も多く、イスラム教社会のなかの「自由思想家」と言われていた。

後世にルバーイイの集大成『ルバイヤート』を残したオマル・ハイヤームもそうした一人だったが、今や「ルバイヤート」と言えばそのままハイヤームの代名詞ともなっている。ただし、ハイヤームがつくったルバーイイは、時代背景を十分踏まえたうえで解釈しないと、単なる言葉遊びと混同されかねない。

ハイヤームの人物像や生年月日については後の章で詳しく述べるが、彼が生まれた一一世紀の半ば、ペルシア世界は変動の時代を迎えていた。ハイヤームの故郷ニシャプールを含む北東ペルシアのホーラッサン地方は、一一世紀初頭までガズニ朝の王マフムードの統治下で栄え、その領土は現在のトルクメニスタン、タジキスタン、アフガニスタンなどを流れるアム・ダリア河（オクサス河。ペルシアでの名称はジェイホーン）を越え、北インドにまで及んだ。

しかしこの時期、トルコ系の騎馬民族であるセルジュク族が、北方から進軍をつづけていた。ガズニ朝は一〇三〇年にマフムードが死去すると勢力が衰え、一〇三七年にはホーラッサン地方の要衝ニシャプールがセルジュク族の手に落ちてしまう。セルジュク軍を率いていたトゥクリル・ベグが騎兵隊に命じてニシャプールの灌漑《かんがい》水路をすべて破壊してしまったため、町の統治者たちはその軍門に屈するしかなかったのだ。

一〇四〇年になると、セルジュク族はホーラッサン州全土を掌握し、ニシャプールを中心都市としてセルジュク朝（セルジュク帝国）を打ち立てた。トゥクリル・ベグはその後も南方、西方へと軍を進め、一〇五五年にはバグダードに入る。

当時この地はアッバース朝カリフの統治下にあったが、一〇世紀末に侵入してきたブワイフ朝が実質的な権力を握っていた。トゥクリル・ベグはバグダードからブワイフ勢力を一掃した功績でアッバース朝カリフから「スルタン」の称号を得、東方イスラム世界の支配者にまで上り詰めた。

トゥクリル・ベグを頂点とするセルジュク族はペルシア侵攻の途上でイスラム教に入信

していたが、スルタンとなったベグは自らを「イスラムの再興者」と宣言し、宗教的戒律の強化を図っていく。イスラム法が徹底され、たとえば、それまでは密かに行われていた酒の醸造や飲酒も厳しく監視されるようになった。

つまり、ハイヤームが生まれ育ったペルシアは、厳格な戒律に支配されていた。後に改めて触れるが、職人の家に生まれたハイヤームは、幼い頃から数学や天文学の知識を身につけ、長じてセルジュク朝の三代目スルタン、マリク・シャー一世に天文学者として仕えることとなる。しかしハイヤームは宮仕えの陰で、その政策に逆らうルバーイイを気づかれぬよう、そっとつくっていた。この時代、イスラム法遵守のために教長《シャイク》と呼ばれる宗教的官吏が各所に配置されていたが、その教長を揶揄《やゆ》した詩さえ残されている。

或る淫《たわ》れ女《め》に教長《シャイク》の言葉──気でも触れたか、
　いつもそう違った人となぜ交るか？
答えに──教長《シャイク》よ、わたしはお言葉のとおりでも、
　あなたの口と行《おこな》いは同じでしょうか？

（小川訳　86番）

たとえばこんな詩だ。皮肉でもここまでくると強烈である。ハイヤームの鋭い言葉は、さらにイスラム法の法官《ムフティ》にも向けられた。

法官《ムフティ》よ、マギイの酒にこれほど酔っても
おれの心はなおたしかだよ、君よりも。
君は人の血、おれは葡萄の血汐《ちしお》を吸う、
吸血の罪はどちらか、裁けよ。

（小川訳　85番）

この詩にあるマギイとは、古代ペルシアで発祥し、三世紀のササン朝ペルシアで国教となっていたゾロアスター教（拝火教）の司祭のことだが、セルジュク朝ではゾロアスター教は「邪宗」扱いされていた。ここに挙げた二作に代表されるように、遠回しではあっても、ハイヤームのルバーイイは大半がイスラムの教えに背くものだった。

一一世紀から一二世紀にかけてペルシアに生きた知識人のなかには、ハイヤームと思いを同じくする人たちも少なくなかった。先にも触れたように、とりわけ哲学者や神秘主義者たちは、古い制度や慣習の束縛から解放された自由主義思想の持ち主であり、宗教的な狂信には反抗心を抱いていた。しかし、そうした真情を公然と表明することはしばしばかられたため、ルバーイイに思いを込め、平素は心を隠す場合が多かったという。

ハイヤームにしても、万が一自作のルバーイイが王家やイスラム教の関係者に知られれば、学者としての職を失うばかりか、「背教者」の烙印《らくいん》を押され命も危うくなる。このため、ハイヤームのルバーイイはごく一部の仲間たちにしか知られていなかったようだ。セルジュク朝の社会では、貴族から庶民までが密《ひそ》かにサークルをつくり、仲間内で自由にルバーイイを詠んで抑圧された社会への鬱憤《うっぷん》を晴らしていたとも言われる。

現代も使われているペルシア語とペルシア文字はセルジュク朝時代に確立されたが、ルバーイイの多くは文字には残されず、すぐれた詩は口伝えに広がっていった。ハイヤームのルバーイイもつくられた当時は文字化されず、多くの人に詠唱されて後年まで伝わったものが、後の詩人たちなどによってまとめられたようだ。

ハイヤーム作のルバーイイとして書物で紹介された詩は全部で一〇〇〇篇を超えるが、

そのなかには、別の人物がつくったものがかなり混じっていると思われる。というより、ペルシアで長く詠みつがれ、国民に愛されたルバーイイは、いつしかみな「ハイヤームの作」と言われるようになった、というほうが正しいかもしれない。

つまり、現在われわれが認識しているハイヤームの詩も、どれが本当に彼自身の作品か、正確にはわからない。このことは、作品が生まれて一〇〇〇年近く経つ今なお、研究者たちの議論の的であり、愛好者たちに混乱を招いている。

中世に記されたハイヤームのルバーイイと評価

オマル・ハイヤームはセルジュク朝の首都にある天文台で天体観測をし、また三次方程式の解き方を最初に立証するなど、天文学者、数学者としてすぐれた功績と評価を今に残しているが、彼が生きていた時代、ルバーイイ詩人としての評価は、世間ではほとんどないに等しかった。彼のルバーイイがいったいいつ頃から人に知られ、愛誦《あいしょう》されるようになったのかさえ、確かなことはわからない。彼のルバーイイを知り、感銘を受けた人がいても、その内容はあまりに反社会的であったため、大っぴらに人には伝えられなかったからだろう。

ハイヤームの功績が詩人として初めて認知されたのは、一一七六、七七年に、イスファーハンの書記（カティブール・イスファファニイ）によって紹介された以降のことだという。ここでハイヤームをホーラッサン出身の詩人とし、さらに「（ハイヤームは）当代きっての比類なき人物で、天文学と哲学では他の追随を許さない。それ故、彼は著名である」と記している。

ところが奇妙なことに、ペルシア語で書かれたハイヤームのルバーイイに関する記述はまったくない。アラビア語で書かれた四篇のルバーイイが、「ハイヤームの作品」として紹介されているだけだ。

アル・キフティという学者の、『学者通信、付賢者報告』をアズ・ザヴサニイが要約し、『哲学者の歴史』という書物のなかでハイヤームについて触れている。と言っても、キフティはハイヤームを「ギリシア科学の信奉者」、「ギリシア文化の解説者」と断じ、痛烈に批判しているのだ。法の目から見ればハイヤームの詩など「毒蛇のような誤りの塊」であり、詩人としても「その場かぎりの詩」の作者にすぎないと。さらにキフティは、こうも書いている。

「このような詩の内面に描かれた意味は、ハイヤームの心の悪を暴くもので、彼は背教の罪で告発されることを惧《おそ》れていたから、『舌とペンという手綱』を抜け目なく引っ張って、メッカ巡礼に出かけていったのだ」

熱心なイスラム教徒の学者たちから見れば、イスラムの神を冒瀆《ぼうとく》したり、禁止されている酒を讃える詩をつくるハイヤームは許し難く、憎しみの対象となっていたようで、最初に取り上げられた頃は、賛辞ではなく嫌悪にあふれた紹介文が並んでいた。

一二六〇年になると、イスラムの歴史家ジュヴァイニが『世界征服者の歴史（Ala-ad-Din, Ata-Malik Juvaini, *The History of the World-Conqueror,* 2vols, Manchester, 1958)』のなかで、ハイヤームについて触れている。

この本は一二五六年から一二五八年にかけてジンギス・ハンとその一族が北ペルシアとメソポタミアを征服した時代の記録で、ジュヴァイニはホーラッサン地方のメルブ（現マリ）がモンゴル軍に襲撃された時の様子を、実に生々しく描写している。

メルブは現在トルクメニスタンに属しているが、一一世紀のセルジュク朝時代にはペルシアのホーラッサン地方の重要な都市だった。そこへ襲いかかったのがジンギス・ハンの息子トルイ・ハンが率いるモンゴル軍だ。

『世界征服者の歴史』第一巻によると、メルブを襲ったモンゴル軍はまさに残虐のかぎりを尽くし、メルブに暮らす人々を惨殺した。彼らが去ったあと、洞窟などに身を潜めて惨事を逃れた五〇〇〇人ほどの住民が街へ戻ってきたが、それを察したモンゴル軍は再度メルブを襲い、次々と捕らえては原野に連れ出し、井戸のなかに放り込んで殺害していったという。

セルジュク朝を侵略したモンゴル軍は残虐なことでも名高かったが、メルブでは特にその残虐さが際立った。というのも、一二一八年にモンゴル帝国の建国者ジンギス・ハンが送り込んだ使者を、メルブの統治者に殺害された遺恨があったからである。

メルブの街で二度にわたるモンゴル軍の襲撃を免れた者は、ほんのわずかしかいなかった。そのなかの一人が、マホメットの直系子孫（サイヤード）と言われるイズ・アド・ディン・ナッサバだ。彼は廃墟《はいきょ》と化したメルブを一三日間にわたってめぐり、死骸《しがい》の数を数えた。洞窟のなかや街外れの沙漠などで殺害された人たちを除き、市内に転がる骸《むくろ》だけ数えても一三〇万にのぼる、と『世界征服者の歴史』には記されている。

一〇〇万を超える死体とは大げさな印象も受けるが、メルブは紀元前六世紀という太古からアケメネス朝ペルシアのオアシス都市として繁栄し始め、一一世紀のセルジュク朝時代に全盛期を迎えた。その当時、人口は一〇〇万人に達していたというから、ナッサバの証言もあながち間違っていないかもしれない。

ちなみに一三世紀の襲撃で、モンゴル軍は人ばかりか建築物も徹底的に破壊し、メルブの街はその後二度と復興されていない。現在、メルブはイスラム文化の「遺跡」として世界遺産に登録されているが、街は廃墟のままである。

さて、ではこの史実とハイヤームのルバーイイにはどんな関連があるのか。『世界征服者の歴史』は、至るところに死者が転がる廃墟を歩くナッサバが、ハイヤームのこんなルバーイイを口ずさみながら歩いていた、と伝えている。

せっかく立派な形に出来た酒盃なら、

毀《こわ》すのをどこの酒のみが承知するものか？
形よい掌《て》をつくってはまた毀すのは
誰のご機嫌《きげん》とりで誰への嫉妬《しっと》やら？
（小川訳　44番）

ここに示したのは先に触れた、私が最初に出逢った岩波文庫版『ルバイヤート』の訳である。岩波文庫版は、現代の代表的なイラン人作家サディク・ヘダーヤトが過去の膨大な文献を洗い直し、ハイヤームの「真作」と考えられる詩を原語のペルシア語で編んだ『ルバイヤート』が底本になっている。訳者の小川亮作氏はご自身の解釈で流麗に訳されているが、これを今少しヘダーヤトの原文から私なりに直訳してみると、次のようになる。

いまなんとか合わさっている酒盃のかたわれ、
呑んだくれとて勝手に毀してはならぬ。
おびただしい数の上品な頭や、脚や、掌、
だれとの愛を成就させ、だれとの憎しみで破局に導かれしものやら。

野蛮なモンゴル兵に蹂躙《じゅうりん》された街を歩くナッサバが目にしたのは、見渡すかぎりの死骸の山で、それが遠目には酒盃の形に見えたのではないだろうか。あるいはその山を形づくっていたのは五体が合わさった死骸ではなく、モンゴル兵の軍刀で家畜さながらバラバラに斬り落とされた手や足や首だったのかもしれない。

モンゴル軍がハイヤームの故郷ホーラッサン地方へ侵入したのは、ハイヤームの死後一世紀が経った頃だが、ハイヤームも同じような光景を目撃したことがあったのではないか。ハイヤームの生きた時代も、決して平和な世の中ではなかった。当時ホーラッサン地方を統治していたセルジュク族は、モンゴル民族ほど残虐ではないにしても、各地の先住者たちと刃を交えながら、武力で領土を拡大してきた民族だった。ハイヤームもまた、バラバラ死体が転がる街を彷徨《さまよ》いながら、こう思ったとも考えられる。

この詩のより正確な翻訳、より正しい解釈は私の能力では果たしようもない。詩が詠まれた背景もわからないので足りない分は空想で補うしかない。私はこれまでメルブを数度訪れたことがあるが、今はただ広大な原野ばかりで、建物は何一つ残されていない。その光景を思いながら空想すると、この詩から伝わってくるのは、ただ人生のはかなさ、悲しさにとことん向き合った末の諦観である。

フィッツジェラルドが世界に広めた『ルバイヤート』

モンゴル軍が中央アジアからペルシアのオアシスを荒らし回り、都市や町村を破壊した結果、各地に点在していた公共図書館は壊滅的な被害を蒙《こうむ》った。一一世紀までのペルシア詩人たちが書き残した詩も、ここで大半が失われてしまったのである。その襲撃を生き延びた図書館関係者や研究者たちは、何とか「消滅させられた文芸作品を一四世紀までによみがえらせよう」と誓い合い、文集編纂《へんさん》作業に勤《いそ》しんだ。

そのなかの文集の一つに『集会の悦び』(スザトゥ・ル・マジャリス　一三三〇、三一年)があり、ここに三一篇のルバーイイがオマル・ハイヤーム作として収められているという。さらにいま一つ、『機微なる詩編に対する高貴なる人の手引き書』(『ムニスール・アハラルーフィ・ダガイクール・アシアール』一三四〇、四一年)には、一三篇がハイヤームの「ルバーイイ」として収められたそうだ。ただし、ペルシアで発行されたこれらの文集は、ほとんど一般に紹介されていないので、全貌がよくわからない。

また、文集とは別に、ルバーイイの写本類のなかにも、ハイヤーム作と銘打たれたものが多数収められた。たとえばそれらの写本類として、一四世紀のオックスフォード大学ボードレアン図書館蔵の通称オックスフォード写本、また一四六〇年に現イランの南西部に位置するシラーズで写された通称シラーズ写本などがある。

しかし、写本類に入っているハイヤーム作のルバーイイのうち、数篇は一二世紀の有名なペルシア詩人と哲学者たちの作品を集めた本のなかに出てくるという。つまりハイヤームではなく、他の人物のルバーイイである可能性が大きい。

その他の「ハイヤーム作」とされている作品にしても、彼よりあとに生まれた詩人の作品が含まれているようだ。宗教や権力者を否定するような内容のルバーイイは、すべてハイヤームの作品ということにされてしまったらしい。

第二章でも紹介するが、実際ナジムード・ウド・ディン・ダヤという学者は、メルブの虐殺が起きた時、ハイヤームの名声を失墜させるために反社会的な二篇の詩を、わざわざ

「ハイヤーム作」に仕立てて広めたといわれている。ただはっきりしていないが。このことからも、ハイヤームは詩人としての名声も受けながら、一部の知識人から疎まれていたことがわかる。

やがてモンゴル軍の支配時代が去り、次第にペルシアの文芸復興運動が起こってくるが、ハイヤームの名声は復活しないまま月日はさらに流れた。

時代は移って一九世紀後半。ハイヤームの生誕から九〇〇年以上の歳月を経て、ようやくハイヤームの名と彼のルバーイイは世界中の人々に知られるようになった。ペルシア語で書かれたオックスフォード写本のなかから、ハイヤームのルバーイイを抜き出して翻訳した一人の人物が、そのきっかけをつくったのだ。

彼の名はエドワード・フィッツジェラルド。一八〇九年に生まれた英国の詩人である。英訳というか英語の『ルバイヤート』制作はごく私的に行われ、フィッツジェラルドはその本を自費で二五〇部だけつくった。一八五九年のことである。と言っても、即座に評判を呼んだわけではない。

愛好家にはよく知られているように、この本が古本屋に並んだことから、『ルバイヤート』の普及が始まった。しかし、古本屋でも初めはまったく売れなかった。値段を徐々に下げ、三年後ついに古本屋の見切り本コーナーに置かれたところで、ある人物の目に留まり、皮肉にも広まっていったのだ。

岩波文庫版『ルバイヤート』の「まえがき」に、訳者の小川亮作氏がそのいきさつを記している。それによると、古本屋でフィッツジェラルド訳の『ルバイヤート』を発見した人物が、友人で詩人のダンテ・ゲイブリエル・ロゼッティに勧め、そこから普及が始まった。

『ルバイヤート』の価値を認めたロゼッティは、詩人仲間のアルジャーノン・チャールズ・スウィンバーンと数冊ずつ買い求め、友人たちに配るため翌日も古本屋へ買いに行くと、『ルバイヤート』の売値は前日の一ペニイから二ペンスに跳ね上がっていたそうだ。

それまで三年間もまったく売れず、値段も下がるところまで下がっていた『ルバイヤート』だが、ロゼッティら当時勢いのあったラファエル前派の詩人たちの推奨で知識層に注目され、最後は一ギニイという高価格で売られたとされる。

フィッツジェラルドが自費で出版した『ルバイヤート』は、九年後の一八六八年に第二版、一三年後の一八七二年に第三版、二〇年後の一八七九年に第四版が出版された。版を重ねるごとに収録される詩は増え、読者も増えていった。フィッツジェラルドは一八八三年にこの世を去ったが、彼の死後も『ルバイヤート』は売れつづけていく。

英国でにわかに巻き起こったこのブームは近隣諸国にも広がり、フランス、ドイツ、ソヴィエト連邦、イタリアなどで、自国語版の『ルバイヤート』出版が相次いだ。英語版は海を越えてアメリカに渡っていった。

ヨーロッパ各国で出版された『ルバイヤート』の翻訳版には、フィッツジェラルドの英語版からの重訳もあれば、ペルシア語からの新訳もあり、底本もさまざまだ。たまたま私が蒐《あつ》めたもののなかには、アラビア語やオスマン・トルコ語の『ルバイヤート』もある。また現在、シルクロードの各国に行くと、さらに多様な言語版が売られている。

『ルバイヤート』が国や民族、言語を越えてこれほど普及した理由は、さっぱりわからない。五年ほど前のこと、何度目かのウズベキスタンのコーカンドを旅行中、野外の茶店で売り子に「『ルバイヤート』はないのか」と訊《たず》ねると、数種の冊子を持ってきた。二、三〇年前には『ルバイヤート』など知る人もいなかったが、この時は観光客が訪れる場所にも置かれていた。もっともその時手にしたのは現地語版だから、外国人観光客には読めないと思うのだが。

全世界的に『ルバイヤート』が広がると、作者オマル・ハイヤームの名も一躍有名になり、ロンドンやアメリカの都市では「オマル・ハイヤーム・クラブ」が設立され、パリには彼の名前を掲げた酒場もできたという。

当然ながら専門家による作品、作者研究や未紹介作品の発掘調査も盛んに行われるようになった。この結果、従来考えられていたものからさらに作品数が増し、疑わしい作品まで「ハイヤームのルバーイイ」として集められるようになった。

いったいどれが本当にハイヤームの作品なのか、それを見極められる人は誰もいなかった。前述したように、オリジナル本やハイヤームに関する資料も、一三世紀に起きたモンゴル軍の襲撃や略奪で大半が失われてしまったと言われるが、「残されているオリジナルの『ルバイヤート』はまだ必ずある」、そう信じた人々による調査はつづいていく。

現代ペルシア作家による真正『ルバイヤート』

二〇世紀に入るとハイヤームと同じペルシア人サディク・ヘダーヤトの選定による『オマル・ハイヤームのルバイヤート（*Robaiyat-e Hakim*, Omar-e Khayyam）』がペルシアで刊行された。前述した岩波文庫版の底本である。選者のヘダーヤトは現代イランを代表する作家で、わが国でも小説『盲目の梟』（中村公則訳、白水社、一九八三年）、『生埋め――ある狂人の手記より』（石井啓一郎訳、国書刊行会、二〇〇〇年）を始め、短編集などが翻訳されている。

ヘダーヤトは、それまでに幾人もの先人たちが「ハイヤーム作」と推定した数多《あまた》のルバーイイから、「真正」と思われる一四三篇を選別し、一冊にまとめた。一九二三年のことで、まだ作家としてのキャリアをスタートさせる前だった。ヘダーヤトは自ら選定した一四三篇をさらにふるいにかけ、三八篇を「ハイヤームの真筆にいちばん近い作品」と推測した。

ヘダーヤトの選集につづき、一九四二年になるとムハマド・アリ・フルギーとカシム・ガニが、ハイヤーム作と信じるに足るルバーイイを新たに九二篇選び、フルギーとガニ選の『ルバイヤート』として世に出した。

ヘダーヤトの選んだ一四三篇と、「ヘダーヤトが見逃した作品」としてフルギーとガニが選んだ九二篇を加えると二三五篇にのぼる。ところが、フルギーとガニ版が出版される一年前、一九四一年にインドで発表された『恩寵の美酒　オマル・ハイヤームの生涯と作品（*The Nectar of Grace. Omar Khayyām's Life and Works* cc+402p. Kitabistan, Allahabad 1941）』には、一一一四篇ものルバーイイがハイヤーム作品として紹介されている。この本を著したのはインド人の歴史家スワミ・ゴヴィンダ・ティラーで、同書は二〇一〇年にオックスフォード・シティ・プレスから再発行された。

それにしても、ハイヤームは生前何篇のルバーイイをつくったのか。一〇〇篇、二〇〇篇という数ではなく、より多くつくられたとは推測できるが、果たして二〇世紀に出版されたヘダーヤト、フルギーとガニ、そしてゴヴィンダの選んだなかに、ハイヤームの真作はどのくらいあるのだろう。

スワミ・ゴヴィンダ・ティラー

評価の高い三冊の本が出揃《でそろ》った時点でも、その問いに正確に答えられる者は誰一人いなかった。しかし、歴史的に検証すると、サディク・ヘダーヤトの作品に軍配があがる。フルギーとガニ、ゴヴィンダの選んだルバーイイには、モンゴル族がペルシアに侵入した一三世紀以降の作品が見られるらしい。つまり、ハイヤームの死後に他の人物がつくったルバーイイが混在していると考えられるのだ。

ルバーイイ研究者で翻訳者のペーター・アベリーによると、モンゴル族の災厄以前につくられたペルシア語のルバーイイを選別する基準は、次の三点だという。

（1）表現が素直である。

（2）言葉づかいが簡潔で、こじつけがない。

（3）写実主義が尊重されている。

ヘダーヤトの選んだ作品は、これらの条件をすべて満たし、ルバーイイの詩形や言葉づかいにも磨きがかけられた最良の詩だという。ヘダーヤト自身、文学者らしく「ハイヤームの詩的な価値を十分評価したうえで作品を認定した」と語っている。

ただし、これらをもってしても、ヘダーヤトの選定作が、すべてハイヤームの真作と言い切ることはできない。モンゴル族侵入以前のルバーイイだからと言って、ハイヤームの作とは限らず、同時代人の詩である可能性もある。あるいは、より古くから民間に伝承されていたルバーイイかもしれない。研究者たちはその謎を解くためにさらなる資料の発掘をつづけていった。

真作をめぐる静かな争い

一九四九年から一九五二年にかけて、『ルバイヤート』の研究者や愛好者にとって驚くべき出来事が連続して起こった。この三年のあいだに、一三世紀に手書きされた『ルバイヤート』写本が相次いで発見されたのである。

最初に見つかったのは一二五九年の日付がある写本で、英国の東洋学者アーサー・ジョン・アルベリー教授監修のもと、一九四九年に英訳版（*The Rubaiyat of Omar Khayyam,*

Edited from a Newly Discovered Manuscript, London, 1949. A New Version, 1952）が発行された。

一方、この本が発行された頃、ニューヨーク生まれのアイルランド系アメリカ人アルフレッド・チェスター・ビーティは、流布していた多くの写本類を入手し、独自に調査を開始していた。紙やインクの種類、筆写された日付を丁寧に調べ、信頼できないものを排除し、真筆の写本を探す試みだ。

ちなみにビーティは鉱山業で名と富を得た人物で、東洋の美術や文献を中心とした大コレクターとしても著名な人物である。イランやインド、アラブ諸国の写本や美術類の他、平安時代の写本や江戸時代の版画なども数多く所蔵し、現在それらのコレクションはアイルランドの首都ダブリンの「チェスター・ビーティ・ライブラリー」（一九五四年開館）に収められている。

数多の写本類のなかからビーティがハイヤームのルバーイイを発見したのは、ライブラリーをオープンする数年前のことだった。『オマルの選集』と名づけられ、回教暦六五八年の日付が記された写本である。この年を西暦に直すと一二五九年から一二六〇年となる。アルベリーが監修した写本と同年代につくられた写本で、選者はオマル・ハイヤームの生地ニシャプール出身のモハメド・アル・クァームという人物だった。この写本には一七二篇のルバーイイがまとめられているが、なかにはそれまで知られていなかった八篇が含まれていた。

このニシャプール写本を「信憑性《しんぴょう》が高い」と見たビーティは、自費での英語版刊行を決意した。一九五〇年のことだったが、発行直前に思わぬ事件が起きる。翻訳作業を終え、原稿が印刷屋に入った時を見定めたかのように、「イランのテヘランで未知の『ルバイヤート』新写本が発見された」というニュースがもたらされたのだ。

これはテヘラン在住の個人が発見したもので、写筆された日付は西暦にすると一二〇八年から一二〇九年である。つまりこのテヘラン写本は、ハイヤームの没後七五年目につくられたことになる。所収されているルバーイイは二五二篇で、そのうちの数篇は発見のニュースとともに紹介された。

ニシャプール写本の復刻本が印刷屋に入ったとたん、新たにテヘランで写本が見つかったニュースが流れたのは偶然の出来事だったのか、何者かが意図的にタイミングを見定めたものか、真相は今もわからない。

テヘラン写本は、発見が報道された一九五〇年内に早くもロンドンに現れ、二年後の一九五二年に英語翻訳版（*Omar Khayyam, A New Version Based upon Recent Discoveries*, London, 1952）が出版された。

オリジナルのテヘラン写本は、翻訳本発行と同じ年にケンブリッジ大学図書館の所蔵本となり、今は通称ケンブリッジ版と呼ばれている。ケンブリッジ大学図書館では、購入に当たって当然ながら専門家に協力を求め、タイトル、ページ、奥付、さまざまな角度から念入りに調査を行ったという。その結果、「極めて信憑性が高い」との鑑定がなされたのである。実際にこれを調べた研究者は、「どこから見ても疑わしい点はなかった」と語っている。

たとえば、年代的にはチェスター・ビーティが見つけたニシャプール写本より五〇年以上古く、筆写の日付は数字でなく文字で書かれ、ペルシア語の書法もこの時代によく見られる特徴を備えているという。一九五〇年代になってようやく、オマル・ハイヤームのルバーイイ集大成として初めて「真物」と思われる写本が出現したのだ。

一方、ビーティが発見したニシャプール写本は、ケンブリッジ版と近縁関係とも言える写本であることもわかり、こちらも「ひじょうに重要な発見」と評された。

そしてもう一冊、ニシャプール版、ケンブリッジ版が相次いで出現してから間もない時期に現れた写本がある。こちらは一二〇八、一二〇九年の日付が入ったもので、これもまた「真物に間違いない」と、当時の専門家は見ていた。

それまではまったく発見されなかった一三世紀の『ルバイヤート』写本が一挙に複数出現したことで、ルバーイイやハイヤームの研究は格段に進歩する——。当時は誰もがそう思っていたが、ここには予想外の大きな落とし穴があった。

「贋作《がんさく》」断定の決め手

一二〇八年の日付が記されたテヘラン写本は、ケンブリッジ大学図書館に収められて以降、「最高に価値の高い宝物」として大事にされていたが、その栄誉は長くつづかなかった。一九八〇年代になって、この写本に「偽物」という烙印が押されてしまったのである。

購入時に鑑定を依頼し、「真物」のお墨付きを受けたはずなのに、なぜこんなことが起

ケンブリッジ版『ルバイヤート』(写本)。1208年頃、ただし偽造本とされる

きたのか？　その答えは「科学的な鑑定技術の進歩」のおかげである。

ケンブリッジ大学図書館は、どうした理由からか、テヘランで発見された『ルバイヤート』写本をロンドン大学考古学研究所とメトロポリタン警察法廷研究所に送り、本当に一三世紀に制作されたかどうか、改めて調査を依頼したという。

その答えが「偽物」だった。一二〇八年に制作されたはずの写本に使われていた紙は、一八六〇年代まで地球上に存在していないものであることが判明したのだ。偽造家たちは中世の紙が入手できなかったため、新しい紙をそれらしく加工し、これに写筆したのである。

前述したように、写本を購入する前もケンブリッジ大学図書館は専門家に鑑定を依頼していたが、一九五〇年代始めの科学技術では、まだ紙の繊維質から制作年代を特定する検査法が確立されていなかった。

やがて方法は確立するが、初期の検査法では紙を大きく切り取って調べる必要があり、破損が危惧された。もしも真物だった場合を考慮すると、破損は極力避けたい。そんなわけで、真贋の見極めに時間がかかってしまった。『ルバイヤート』の研究者や愛好家を熱狂させたケンブリッジ版写本＝テヘラン版写本が「偽造品」とわかるまで、いつしか購入から二〇年以上の歳月が流れていた。

ケンブリッジ大学図書館の文書管理官アーサー・オウェンは真贋が判明した後、こうコメントしている。

「この写本は、古くても過去一〇〇年ぐらいの年代につくられたもので、紙を漉《す》く者、詩を書き写す者、文書を古く見えるよう加工する者、少なくとも三者が一つのチームを組んで偽造したのだろう。偽造工房でつくられた写本は外国の図書館にも『真物』として所蔵されているようだが、これまで英国の図書館には入っていなかった」

オウェン文書管理官が言うように、これは明らかに組織的偽造団の手によるものだろう。私はこの写本を写真版で見たことがあるが、写真で見る限り紙も時代がかって古いように見えた。タイトルページや奥付も見たが、当然ながら写真を見ただけではとても偽造品とは見抜けない。

では、実物をその目で見て、触れた専門家たちにはどう映っていたのだろう。オウェン文書管理官は初めから「偽物」と見抜いていたようで、彼の言葉は辛辣だ。

「私が見たところ、この写本にはさっぱり魅力がない。形にしても、どちらかというと長めで幅が狭く、リポーターのノートブックのように感じる。書体にも美しさがなく、すぐれたものでもない」

とすると、なかに記された二五二篇のルバーイイもすべて偽物なのだろうか。たとえ本自体がつくられた年代は新しくとも、どこかに眠っていたハイヤームの真物『ルバイヤート』を写しとった可能性も捨てきれない。この観点からも調査は行われたが、やはり否定的な結果が導き出されてしまった。

「テヘラン版のテキストにある詩の配列を見れば、一二〇八年に編まれたものではなく、ずっと後のものだとわかる。専門家なら詩の配列を見るだけで、すぐに疑わしい写本だと判断するだろうし、肝心のルバーイイもインチキな作品なので、この写本には一文の価値もない」

オウェン文書管理官は、あくまでも手厳しい。しかし、こうまで言われると、そもそもケンブリッジ大学図書館がなぜこの写本を買ったのか、そこから疑問が湧いてくる。

実はこの写本の購入決定には、東洋学者アーサー・ジョン・アルベリー教授の強い推薦があった。アルベリー教授はケンブリッジ大学の卒業生で、一時期母校でアラビア語教授をしていた。また彼は、一九四九年に発行された『ルバイヤート』（一二五九年写本）、ケンブリッジ版『ルバイヤート』（一二〇八年写本）の翻訳者でもあり、東洋学者のなかでもイスラム文化に造詣が深かった。

アルベリー教授のような専門家は「中世の新資料が見つかった」と聞けば、誰よりも先に入手し、研究したいと熱望するはずだ。研究者としての自然な欲求の他に、名誉欲も持ち合わせている専門家も少なくない。詐欺師たちは、こういった人々の弱みにつけ込むのである。

さて、一九四九年から一九五二年までのあいだに出現した中世写本のうち、もっとも古く、「これぞ真物」と評されていたケンブリッジ版が「真っ赤な偽物」とわかった以上、他の写本にも疑惑の目を向けなければならない。それらの写本については、専門機関によって微に入り細をうがって調査されたという話は伝わってこないが、ケンブリッジ版のように「うまくできた偽物」とする説が、今では有力である。

タイタニック号とともに沈んだ『孔雀《くじゃく》のルバイヤート』

この章の初めの項で、自分のことを「ルバイヤート病」と書いたが、実際に『ルバイヤート』の熱心な愛好者は、一部で半分茶化して「ルバイヤート病」などと呼ばれている。こんな別名がつくほど、ルバイヤートの魅力は強烈で、病にかかった人は世界中にけっこういるのだ。

だが、より細かく見ていくと、「ルバイヤート病」の症状は二種類に大別できる。純粋に詩の内容に心酔する人と、『ルバイヤート』本の蒐《しゅう》集《しゅう》家である。

『ルバイヤート』の写本や翻訳本は、ここまで書いてきた以外にも山ほどある。一八五九年にフィッツジェラルドの英訳版が登場して『ルバイヤート』ブームが起こると、蒐集家目当ての特装本も各国でつくられ始めた。たとえば装丁を革張りにしたり、文字だけでなく美しい挿画をふんだんに入れた本で、オークションに出品されると信じられないような高値がつく。

そうした特装本のなかに、通称『孔雀のルバイヤート』という一冊がある。表紙に孔雀、裏表紙に弦楽器の図柄が描かれていることからこう呼ばれているが、孔雀の部分にはルビー、トルコ石、トパーズなど計一〇〇〇個を数える宝石や輝石が鏤められている、究極の豪華本だ。

一九〇〇年代の初めに制作されたこの宝石装丁本は、実に数奇な運命を辿り、「伝説」となっている。その物語を説明するために、まずは『Book Interlude』と題された豆本を繙《ひもと》いてみよう。アメリカ人のシャーロット・M・スミス夫人が、一九七七年に英国を旅した際に綴ったエッセイだ。

スミス夫人は、豆本のコレクターでもあっただけに、個人で出版したこの一冊も、本として美しく仕上がっている。

バースへの旅から始まるエッセイの内容もよくできているが、『ルバイヤート』愛好家にとってのハイライトは、やはり『孔雀のルバイヤート』にまつわるエピソードだろう。この旅行中、スミス夫人は、英国の製本会社サンゴルスキー&サトクリフ社の後継者スタンリー・ブレイと出逢い、『孔雀のルバイヤート』の制作と喪失についての話を聞いた。

彼らの作品のなかでもとりわけ評価が高いのが件《くだん》の『ルバイヤート』宝石装丁本で、着想から完成まで二年の歳月を費やしたという。

先に説明したように、この本は皮革の象嵌《ぞうがん》で、表紙には宝石で孔雀の図柄が描かれている。なかは上質紙に書写された手書き本で、細密画もほどこされていた。

完成後、『孔雀のルバイヤート』は、一万ポンドの値段で売りに出されたが、当初は誰も買い手がなかったという。

当時の英国は折しも不景気風が吹き荒れ、この途方もない値の宝石装丁本は一年ほど売れずに残り、結局オークションに出品された。

『孔雀のルバイヤート』はサザンプトンから船で海を渡り、アメリカへ引きとられることになった。

この船は豪華客船で、名をタイタニック号という。そう、『孔雀のルバイヤート』はあのタイタニック号に乗せられたのだ。悲劇はサザンプトン港を出航してから四日後、一九一二年四月一四日に起きた。ご存じのように二〇〇〇人以上の乗客を乗せていたタイタニック号は、北大西洋上で氷山に接触し、海中に没してしまった。金庫の奥深くで眠っていた『孔雀のルバイヤート』も、タイタニック号と運命をともにしたのである。

『孔雀のルバイヤート』にまつわる悲劇は、それだけで終わらなかった。二年がかりで丁寧につくりあげた宝石装丁本が大西洋に沈んだこの年、制作者のサンゴルスキーも事故で命を落とす。三七歳という若さだった。

工房を共同経営していたサトクリフはサンゴルスキーの死後も仕事をつづけていたが、一九三〇年代になると甥《おい》のスタンリー・ブレイに工房を譲り、一線から退いた。そしてブレイが、失われた『孔雀のルバイヤート』を復刻させたのだった。

ある時、工房の金庫に入っていた書類や記録類の整理をしていたブレイは、『孔雀のルバイヤート』のために描かれた美しいデザイン集を見つけ、復刻を決意したという。その日以来、夜間、週末、休暇のすべてを『孔雀のルバイヤート』復刻に費やしたと、言われている。

ようやく完成に至った一九三九年は、第二次世界大戦のさなか。復刻版の『孔雀のルバイヤート』は戦火の被害を避けるため、ロンドンの銀行の金庫にしまわれたが、この本はまたしても不運に見舞われる。預け先の銀行が、ロンドン市内を標的にしたドイツ軍の空襲で直撃弾を食らってしまったのだ。金庫で眠っていた『孔雀のルバイヤート』は、火災による熱のため革細工の表紙も紙も完全に焼かれてしまった。これは事実であろう。

しかし、幸いなことに、表紙の孔雀を彩った紫水晶などの宝石類は、一つ残らず回収できたという。スミス夫人の『Book Interlude』によれば、夫人と面会したブレイは、復刻版の悲運を語ったあと、「戦火に耐えて残った宝石とオリジナルのデザイン集を使用して、あと一冊だけ、『孔雀のルバイヤート』をつくる計画を立てている」と語ったそうだ。これも事実かどうか推定するしかない。

スミス夫人の記述はここで終わっているが、後日談を紹介すると、ブレイは工房の仕事をリタイヤしたあと、再復刻版の『孔雀のルバイヤート』をつくりあげた。この三冊目の宝石装丁本は個人の手に渡ることはなく、そのまま大英図書館に収められたと伝えられている。これがもうよくわからないのだ。

と言っても、常に一般公開されてはいないのか、大英図書館なのか博物館なのかさっぱりはっきりしない。後に大英博物館を訪れた折には私は見ることが叶《かな》わなかった。しかし、その後思ってもいない場所でこの本に出逢うことになる。再復刻版の『孔雀のルバイヤート』は、何と日本で開かれた稀覯書展示即売会に出展されたのである。

再復刻版『孔雀のルバイヤート』の行方

一九八八年一一月五日。この日私は、東京九段のホテルグランドパレスで開催された「第三回全国書票大会」に参加していた。たまたま同じホテルの同じ階で雄松堂書店主催の「東京国際稀覯書展示即売会」が行われており、書票交換の合間に半ば冷やかし気分で稀覯本を眺めに行った。その時、ノンフィクション作家で書誌学の研究家でもある庄司《しょうじ》淺《せん》水《すい》氏が、こう話しかけてきた。

「今会場の最高の目玉はこの本、だよ」

記憶がもう確かではないが、確か庄司氏が指差すガラスケースのなかに表紙の周囲に美しい金箔押しのオーナメントがついた洋書が納まっていた。そばにいた店員がガラスケースから出して見せてくれようとしたが、それを見ていた上司が即座に素っ飛んできて、「これは貴重本で、特に金箔が落ちる惧れがあるので」と、あっという間にケースのなかにしまわれてしまった。

表紙は何か鳥の図柄のように見えたが、よくわからない。ただこの本は『ルバイヤート』の特装本だと聞いた。これが噂《うわさ》に聞く『孔雀のルバイヤート』だろうか。そこで、かつてタイタニック号と一緒に沈んだ豪華本の話を庄司氏にしたところ、氏はこの話をご存じないようだった。

結局、この日はこれで終わってしまったが、以来『孔雀のルバイヤート』は私の頭に浮かぶことが多くなった。雄松堂のカタログを調べても記録がないので、思い余って問い合わせると、確か電話口に出た旧知の古書部門の女性が、稀覯書展示即売会に出品されていた『ルバイヤート』についての情報を教えてくれた。

それによると、製本家はサンゴルスキーで、一八七九年に出版されたという但し書きがあるとのこと。だとしても、その現物はタイタニック号とともに沈み、復刻版はロンドン空襲で焼けたはずだ。となると、サンゴルスキー&サトクリフ社の意志を継いで、後継者のブレイがつくった三冊目の『孔雀のルバイヤート』である可能性が高い。それとも、ブレイが英国旅行中のスミス夫人と出逢った一九七七年以降に制作されたものだろうか。

大英博物館（?）に収められたと伝えられたその本がなぜ日本の古書店にやってきたのかはわからないが、この本は展示会当日には買い手がつかず、後に庄司淺水氏の手に渡ったようだ。庄司氏は第四回日本書票協会全国大会にこの本を持参し、確か私に自慢げにご披露されたと記憶する。また庄司氏の著書『本の五千年史——人間とのかかわりの中で』（東京書籍、一九八九年）の口絵にも、カラーで紹介されていた。

何と豪華客船の金庫、銀行の金庫内で守られながらいずれも消失した伝説の本、その再復刻版を日本のコレクターが入手したわけだ。

ところが一九九〇年、これとそっくり同じ本を英国で見た日本人がいる。朝日新聞の論説委員で、その人は同年一〇月二〇日付の「朝日新聞」「窓」欄に、「ルビー、トパーズ、トルコ石でクジャクや楽器を描いた装丁」の『ルバイヤート』が大英博物館に展示されていたと記している。館内で本に添えられていた説明書きには、こう書かれていたそうだ。

「千余の宝石に飾られた『ルバイヤット』は一九一二年タイタニック号とともに大西洋に消えた。その装丁作家の縁者が、残された資料で復元した二世は、一九四一年のロンドン大空襲に滅した。幸い宝石は無事だったため四年かけて復元したのがこの三世……」

これを読む限り、これが再復刻版『孔雀のルバイヤート』に間違いなさそうだが、「また化け物が現れた」という感じもする。語り伝えられていた大英図書館ではなく、どういう経緯で大英博物館に収まったかはわからないが、ともあれ一九九〇年の時点ではそこに存在していたようだ。

となると、一九八八年に日本で庄司氏が購入した『孔雀のルバイヤート』は、どこから出てきたのだろう？　ブレイは再復刻版を複数つくったのだろうか？　それとも、一九八八年に庄司氏が手に入れた本が、大英博物館に渡ったのだろうか？　庄司氏はすでに鬼籍に入られたので、直接事情をうかがうことはもう叶わない。

だが、真実などわからなくてもかまわない。将来また、どこかで『孔雀のルバイヤート』に再会するかもしれない。

数奇な運命を辿った『孔雀のルバイヤート』にロマンをかきたてられる人は、世界中にけっこういるらしい。レバノン人作家アミン・マアルーフもその一人ではないだろうか。彼の著書『サマルカンド年代記――『ルバイヤート』秘本を求めて』（牟田口義郎訳、ちくま学芸文庫、二〇〇一年）は、サンゴルスキー版の『ルバイヤート』がタイタニック号とともに沈んだ事件に興味をそそられ、執筆されたものと思われる。

内容は二部に分かれ、前編は一一世紀のサマルカンドの宮廷で、若き詩人にして天文学者のオマル・ハイヤームが『ルバイヤート』の手稿本をつくるいきさつが、暗殺者教団の創設者サッバーハの生涯との絡み合いで叙述されている。

後編はおよそその八〇〇年後、一九世紀後半の物語に変わる。フランス系アメリカ人が政情不安のペルシアでハイヤームの手稿本を発見し、ある王女の助けで本をアメリカへ運ぶことにした。『ルバイヤート』を携えたアメリカ人と王女は、処女航海で英国からアメリカへ向かう豪華客船タイタニック号に乗船したが、船の沈没によって貴重な手稿本も二人も海の藻屑《もくず》となって消えてしまった――。

というのが小説の粗筋だが、ノンフィクション風に仕立ててあるので、読者のなかにはこれを「実話」、あるいは「限りなく実話に近い小説」と解釈する人も少なくないようだ。

これがまた、失われた『孔雀のルバイヤート』の価値を高め、伝説をよりドラマティックに味つけする要素にもなっている。空想が空想を生む、よい例である。

たとえばサンゴルスキーの『孔雀のルバイヤート』の中身について、中世のペルシア語を写したものだと思っている人も多い。手書きで書かれていることは確かだが、文字は英語で、テキストはフィッツジェラルドが訳したもの、というのが真実らしい。言い換えれば、フィッツジェラルドが『孔雀のルバイヤート』を生み出したのだ。

だが実は、このフィッツジェラルド版には、大きな問題がある。フィッツジェラルド訳に掲載されたルバーイイは、ハイヤームのルバーイイとはかけ離れたものなのだ。つまりフィッツジェラルドの訳は、大半が意訳で、フィッツジェラルド自身の創作と言ってもよいものなのである。

これについては次の項でも触れるが、多くの人が魅了された最初の英語版『ルバイヤート』は、オマル・ハイヤームのものではなく、フィッツジェラルドのオリジナル英語詩、と言ってもあながち大げさではない。世界中に『ルバイヤート』を普及させたフィッツジェラルドの功績は大きいが、いまになると「罪」もまた小さくないと言えよう。

日本語で読める『ルバイヤート』

わが国で『ルバイヤート』が初めて翻訳、紹介されたのは一九〇八（明治四一）年のことで、詩人の蒲原《かんばら》有明が自らの詩集で紹介したと、岩波文庫版『ルバイヤート』の訳者、小川亮作氏は「解説」で記している。大正時代になると次々と『ルバイヤート』を翻訳する人が出てきた。フィッツジェラルドの訳で有名になった『ルバイヤート』のブームが、日本にもようやく訪れたわけである。

大正から昭和にかけて出版された『ルバイヤート』は、大半が英語版からの重訳だった。この頃になると先駆者フィッツジェラルドだけでなく、他の訳者による英語版も複数発行されていた。しかし、圧倒的に支持を得ていたのはやはりフィッツジェラルド版で、わが国の『ルバイヤート』もその本からの重訳が多数を占めている。

日本語版のタイトルは『ルバイヤット』（片野文吉訳、竹友藻風訳、森亮訳、矢切哲夫訳）、『四行詩集《るうばいやあと》』（矢野峰人訳）、『異本留盃邪土』（堀井梁歩訳）などさまざまで、訳し方も文語調、あるいは短歌に置き換えて訳すなど、それぞれに工夫されている。

しかし、前述したように多くの訳者が底本にしたフィッツジェラルド版には、ひじょうに問題が多い。このことは、先に紹介した東洋学者アーサー・ジョン・アルベリーが、一九五九年に著した『ルバイヤートのロマンス』（Arberry, A. J.: *The Romance of the Rubaiyat.* Edward Fitzgerald's First Edition Reprinted with Introduction and Notes. 244p. London, 1959）のなかでも指摘している。

東京外国語大学の教授でペルシア文学の専門家でもある黒柳恒男氏も、『ペルシアの詩人たち』（東京新聞出版局、一九八〇年）にこう記した。

フィッツジェラルドの『ルバイヤート』は「ペルシア詩の忠実な訳ではなく、その大半はハイヤームの詩から思想的インスピレーションを得て詩作した英詩人独自の詩といった方が適当であることは今日広く知られている」。

フィッツジェラルドは原文のペルシア語ルバーイイの一行分ぐらいを訳し、あとは自らの感性で英語詩に仕立てたようだ。彼がどのような経緯でオマル・ハイヤームに注目し、そのルバーイイを訳すに至ったのか、その背景はわからない。が、フィッツジェラルドは無神論者であることから考えて、ハイヤームの詩に精神的な慰めを求めてはいなかっただろう。

また、フィッツジェラルドの訳詩は、ハイヤームが生きた時代の出来事や、イスラム思想の社会で戒律に逆らう詩をつくりつづけたハイヤームの思想面をまるごと排除している。

以上の観点から、フィッツジェラルドの『ルバイヤート』は英語によるすぐれた詩ではあるかもしれないが、オマル・ハイヤームの精神世界を反映してはいないと言えそうだ。

とすると、フィッツジェラルドの英語訳を日本語にした『ルバイヤート』も、日本語詩として美しく完成されていても、やはり詩が書かれた時代のペルシアやハイヤームの思想を正しく表すものではないと言えよう。この点が微妙でむずかしい。

原文のペルシア語から訳された『ルバイヤート』としては、一九二〇（大正九）年に「中央公論」誌上で発表されたのが、恐らく最初だったろう。訳者は言語学者で日本におけるペルシア学の先駆者でもあった荒木茂氏だが、散文に近い形で訳されたことが何よりも残念である。いかに内容的に正しく訳されていても、散文形式ではルバーイイ本来の面白さが表現されにくい。と言って日本の伝統的な詩形、表記では、どうしてもルバーイイの精神とはかけ離れたものになりかねない。

昭和時代も一九四五年以降、つまり終戦後になると、わが国でもペルシア語からの名訳が誕生する。年代の古い順に紹介すると、私を最初に『ルバイヤート』の世界に誘った小川亮作氏訳の『ルバイヤート』（岩波書店、一九四九年）、沢英三氏の『世界名詩集大成 第18・東洋篇』（平凡社、一九六〇年所収）、そして先ほど紹介した黒柳恒男氏の『筑摩世界文学大系9 インド・アラビア・ペルシア集』（筑摩書房、一九七四年所収）、ずっと新しいものでは岡田恵美子氏編訳『ルバーイヤート』（平凡社、二〇〇九年）である。

小川氏の訳は一四三篇で、沢氏訳は一二一篇、黒柳氏訳は二九六篇、岡田氏編訳は一〇〇篇からなり、重複する詩もあるが、底本はそれぞれ異なる。小川氏の底本はすでに触れたイラン人現代作家サディク・ヘダーヤトが編んだ『ルバイヤート』で、信頼度が高い。原本でヘダーヤトは、収めた一四三篇のなかからさらに三八篇を選別し、これらをハイヤームの真物ではないかと推測している。

ところが小川氏の訳本では、「真物」の可能性が高いこの三八篇を「オマルのものかどうかなお多少疑いの余地がある」作品、と逆の紹介をしてしまった。これは小川氏が勘違いされたのではないかと思うが、すでに小川氏は亡くなられ、訂正の機会をいまだ得ないままになっている。この点がひじょうに残念だが、それを差し引いても数ある日本語の『ルバイヤート』のなかでも秀逸だと、私は思っている。

一九一〇（明治四三）年生まれの小川氏は、文学者ではなく、外交官として昭和初期にペルシア（現イラン）のテヘランに三年間赴任した。そこでハイヤームの『ルバイヤート』に魅せられ、日本語訳に挑んだという。小川氏の訳は、オリジナルのペルシア語からの訳という以上に、時代背景やハイヤームの人生に対する知識や洞察にすぐれ、原作の雰囲気をもっとも色濃く出しているように思う。

ただ、ペルシア語は一つの単語にいくつもの意味が含まれるので、原文を忠実に訳そうとすると四行には収まりきらず、五行、六行と長くなりかねない。韻律を重視しようとすると、本来の意味から離れてしまう。

このためか小川氏の訳にも多少の意訳部分はあるが、ピントは決して外していない。小川氏自身の解説によると、初めの訳は文語体を用いたが、作家の佐藤春夫氏に口語体を勧められ、自身もハイヤームのルバーイイが「現代のイラン人が日頃使っている言葉に近い」ことに気づき、口語体に改めたという。

これを知るだけで、小川氏の実力やセンスがうかがえる。翻訳作業にはオリジナル作者の人となりや、文化的背景を知ることが不可欠だが、最後には訳者が「日本語をどれだけ知っているか」が勝負のカギとなるようだ。

その意味で、オマル・ハイヤームの『ルバイヤート』に関して、私は初めから最良の訳本とめぐり逢ったわけだ。それ以降も手当たり次第にさまざまな時代、異なる言語で書かれた『ルバイヤート』を求めあちこち歩いてきた。二〇〇三年には恥知らずもいいところだが、私自身も『ルバイヤート』を訳す機会に恵まれた。

私が訳したテキストは、小川氏が底本にしたサディク・ヘダーヤト版につけ加えるべく、ムハマド・アリ・フルギーとカシム・ガニが選んだ九二篇を加えてまとめたペルシア語版である。この翻訳作業を通じて、小川氏の仕事の素晴らしさを再認識するとともに、最初に小川氏訳に出逢った幸運を改めてかみしめた。

いい出逢いは、さらなるいい出逢いを呼ぶことがある。この章の冒頭に書いたように『ルバイヤート』は私を精神的に解放してくれたが、そればかりでなくこの詩が書かれた土地、オマル・ハイヤームの生まれたニシャプールまで私を誘い出した。特別意図した旅ではなく、見えない糸で『ルバイヤート』に導かれ、中央アジアの古都へと辿り着いたような気がしている。

第二章　万能の厭世家《えんせい》、オマル・ハイヤーム

オマル・ハイヤームの足跡

オマル・ハイヤームと、彼の『ルバイヤート』をめぐる私のささやかな旅を語る前に、ハイヤーム自身の足跡を記しておきたい。今、大半の人は彼について『ルバイヤート』を後世に残した詩人、としか認識していないようだ。だが、一一、一二世紀のペルシアにおけるハイヤームは、知識人のあいだで高名な数学者、天文学者、哲学者と認められ、一般の人たちからは占星術師と思われていた。

ペルシア語版の『ルバイヤート』を日本語に訳し、一九四九年に刊行した小川亮作氏は、本の「解説」でオマル・ハイヤームをレオナルド・ダ・ヴィンチや平賀源内にたとえている。一説によると、ハイヤームは医学知識もあり、発明もしていたらしく、確かにダ・ヴィンチや源内のように多分野にわたって才能を発揮していたらしい。

ハイヤーム本人は自らの仕事や人生について何も記録を残していないが、彼がもし二一世紀の現代に生きていたら、人々に何と呼ばれたいか、またどんな業績をいちばん評価し

オマル・ハイヤーム
回教暦915年（西暦1509年）、アリ・アル・ヘラウィ画

てほしいか、訊ねてみたいものだ。オマル・ハイヤームの正確な足跡を辿るのは大変むずかしいことだが、同時代を生きた科学者や歴史学者の記述から、可能な限りハイヤームの業績や人物に迫ってみよう。

まず、オマル・ハイヤームの生年月日は一〇四八年五月一八日だが、これを初めて証明して記したのは、第一章で紹介したインド人スワミ・ゴヴィンダ・ティラーによる『恩寵の美酒　オマル・ハイヤームの生涯と作品』である。

話は横道にそれるが、この本はインドで出版されたため、二〇一〇年に英国で再発行されるまで英国内の図書館にはどこにもなく、研究者は大変苦心したらしい。私は幸い、以前インドで手に入れることができた。

ゴヴィンダ・ティラーは、ザヒール・ウド・ディン・アブール・ハッサン・バイハキの『哲学者列伝』に記載されていたハイヤーム生誕日の星の配列などを詳細に分析し、正確な誕生日を割り出したのだ。

（a）　オマル・ハイヤームが生まれたのは、日の出の時刻である。

天体観測によるオマル・ハイヤームの生年月日の判定

（西暦）5月18日	木星（黄経）	（西暦）5月18日	木星（黄経）	（西暦）5月18日	木星（黄経）
1019	133.3	1031	136.1	1043	140.9
1020	160.4	1032	164.5	1044	168.3
1021	※189.9	1033	194.5	1045	199.0
1022	222.9	1034	227.7	1046	232.9
1023	258.8	1035	264.0	1047	269.5
1024	※295.9	1036	※301.0	1048	※306.3
1025	331.0	1037	225.7	1049	340.5
1026	3.1	1038	7.5	1050	11.8
1027	32.3	1039	36.2	1051	40.2
1028	59.5	1040	64.3	1052	66.9
1029	85.5	1041	89.1	1053	92.8
1030	111.2	1042	114.9	1054	118.6

オマル・ハイヤーム生誕日は、インドで観測された天体位置表から木星の地心経度で判定された。 それによると日付は5月18日とわかったが、ただ年代は西暦1021、1024、1036、1048年の四つに絞られ、これに水星の観測数値から、西暦1048年5月18日の日の出どきと判定された。〔出典：『恩寵の美酒』（1941年）〕

（b）地球から見た太陽と水星の経度は六三度であった（白羊宮《はくようきゅう》の春分点から、ペルシア人によって観測されたもの）。

（c）地球から見た太陽と木星の経度は六三度±一二〇度であった。

……

バイハキの書にはこうしたデータが数多く示されていたので、ゴヴィンダ・ティラーはまずそこからハイヤームの誕生日と誕生時間が五月一八日の夜明けであったことをつきとめた。では何年の五月一八日だったのか。

インドの天体暦表を用いて、西暦一〇一九年から一〇五九年までの三六年間について太陽と水星、木星の位置などを調べ、バイハキが示した条件に当てはまるのは一〇二一年、一〇二四年、一〇三六年、一〇四八年であることがわかった。このうち水星が双子宮の三度に当たるのは一〇四八年だけで、ここからオマル・ハイヤームの生年月日は一〇四八年の五月一八日であるとゴヴィンダ・ティラーは断定した。

ゴヴィンダが自著で発表したこの説は、長いあいだハイヤームの研究者たちから無視されていたが、後にソヴィエト連邦科学アカデミー（現ロシア科学アカデミー）が「正確である」と認めた。後述するが、オマル・ハイヤームは一一世紀の世界でもっともすぐれた天文学者と言われ、ソ連の科学アカデミーはハイヤームに興味を抱いて調べたのだ。

ハイヤームが生まれたのはペルシア北東部のニシャプールである。この都市はテヘランから東へ延びる古いシルクロード上に位置し、商業の交易中継基地として栄えていた。ニシャプールからそのまま東へ進み、アフガニスタンのヘラートからバルフへ至るルートは、ハイヤームの時代から一五〇年ほど後にマルコ・ポーロが辿った道と重なる。

またヘラートの少し北西に当たるメシェドからコペット・ダグ山脈を北に越えると、そこはもうトルクメニスタンであり、さらに進めばメルブに着く。そこから東へ転じれば、アム・ダリア河を渡ってブハラ、サマルカンドへと通じる古代の重要な通商路だった。

一一世紀から一二世紀にかけて、今挙げた地域はすべてペルシアの領土であり、ハイヤームはメルブに滞在し、セルジュク朝の王宮に仕える天文学者として天体観測を行っていた。と言っても、ハイヤームが誕生した頃は、東方からアム・ダリア河を越えてセルジュク族が侵入してせいぜい一〇年後で、社会は混乱のさなかだった。

カラ・クム沙漠を南から北へ流れるアム・ダリア河は、紀元前四世紀のアレクサンドロスによる東方遠征以来、オクサス河と呼ばれ、中央アジアを東西に大きく分けてきた。ペルシアではこの河をジェイホーンとも呼んでいた。オマル・ハイヤームの詩にも、ジェイホーンを描いたものがある。

この地球とは人の骨から作られしもの、
ジェイホーンの河の流れは、人々のこぼす涙の跡。
地獄というのは、解き放されし悩みの火で、
天国とは心地よく過した一瞬《ひととき》。

西のペルシア方面から広大なカラ・クム沙漠を越えてくると、巨大なジェイホーン河にぶつかる。この河は沙漠を流れるため絶え間なく流路を変えるので、横断するのは並大抵のことでない。土地や富を求めて多くの民族がここに来て、争いも限りなかった。ジェイホーン河は当然、人々の血や涙をも流したことだろう。メルブを抜け、ブハラ、サマルカ

ンドに向かったオマル・ハイヤームも、幾度となくこの河を渡ったと思われる。

ところで、ここまで「オマル・ハイヤーム」と表記してきたが、彼の本名はオマル・イブン・イブラーヒム・ニシャプーリイと言う。本名に入っていない「ハイヤーム」とは「天幕づくり」の俗称で、オマルの父親が天幕づくり職人であったことから、この名を名乗っていたらしい。

父親の職業から推測すると、オマル・ハイヤームの生家は中産階級に属し、生活は豊かだったことだろう。ハイヤームがいつから詩作を始め、いつ天文学に興味を持ったのかは定かではないが、子どもの頃から語学、歴史、数学、医学、天文学、哲学など、幅広い学問をつづけてきたことは確かである。

数学者、哲学者としてのハイヤーム

イスラム世界における学問の歴史で言えば、オマル・ハイヤームの生まれた一一世紀の半ばは、数学や天文学など科学分野と、哲学的思想が黄金期を迎えた直後であった。黄金時代の幕開けは一〇世紀の中盤で、この時代の学問はイスラム世界の知識人たちがリードしていた。

なかでもひときわ目立つ業績を残した学者が二人いる。アル・ビールーニー（九七三〜一〇四八年）と、アヴィセンナのラテン名でも知られるイブン・スィーナー（九八〇〜一〇三七年）で、両者ともペルシア系の人物だ。

ビールーニーは数学、天文学、星占学、薬学分野で業績を残し、中央アジア各地を旅して歴史学、言語学、哲学分野の活動も行った。一方のスィーナーも学問範囲は幅広い。数学、天文学分野でも高い評価を受けていたが、医師、哲学者として一般の人々のあいだでも有名だった。なかでも医学分野での功績は巨大で、スィーナーの著した医学書が一七世紀頃まで西洋の医科大学で教科書として使用されていたほどだ。

オマル・ハイヤームが生まれたのは、アル・ビールーニーの死去した年であり、スィーナーの死後から一一年目に当たる。つまりハイヤームにとっては、優秀な先輩たちが残した先端的な学問を学べる環境が整っていたわけだ。

専門的に一つの学問を究めるのではなく、多くの学問を同時に学ぶのはこの時代には普通だったようだが、ハイヤームが特に数学、天文学の分野で頭角を現したのは、ビールーニーとスィーナーという偉大な先達の影響もあったのかもしれない。

では、学者としてのハイヤームは、どんな業績を残したのか。また、数学と天文学ではどちらがより価値ある発見や研究をしたのだろうか。アブ・イブン・ザイドは次のように評している。

「オマル・ハイヤームは典型的な（中世の）博識家で『ギリシア学問』の提唱者としても知られ、医学を含めてあらゆる科学に通じていた。しかし、彼は何よりも実際的な哲学者であり、数学者だった。彼はユークリッド幾何学理論の難題を処理するうえで数の理論をすすめ、これは今でも使われている。彼は二〇代の半ばで幾何学に関する有名な論文を書いて、三次方程式をいかに解くかを最初に立証したのだった」

一二世紀の中盤頃、歴史学者のアリ・イブン・サイドール・バイハキは、アラビア語の自著『哲学蔵書補遺』のなかで、ハイヤームをこう評している。ハイヤームが三次方程式を研究し始めた頃、二次方程式の解き方はすでに知られていたが、三次方程式の解法はまだ一部しか知られていなかった。

また、一九世紀後半に生まれた著名な科学史研究家ジョージ・サートンは『古代中世 科学文化史』のなかで、代数学におけるオマル・ハイヤームの研究を紹介し、「大数学者」という賛辞を送っている。サートンによると、ハイヤームは一三種の三次方程式を認め、そのいくつかに幾何学的解決法を用いて、すべてを解こうとした。つまり彼は、方程式の符号ではなく、文章表現で三次方程式の解法を理論的に体系化し、二一世紀の今も「代数幾何学の創始者」として、その名が数学の歴史に刻まれている。

ハイヤームの詩のなかに、数学に関するものは見られないが、天文学につながる詩は数多く残した。そして天文学における彼の功績も、今に語り継がれるものなのである。

王宮の天文学者としてのハイヤーム

セルジュク朝の世に生まれたハイヤームは、セルジュク朝の三代目スルタンであるマリク・シャー一世に科学者として仕えた。マリク・シャー一世は、二代目のスルタンであった父アルプ・アルスラーンが急逝したため一〇七二年に若干一七歳で即位し、スルタンとしての才能を発揮した。二〇年に及ぶ在位中、サマルカンドやフェルガーナ渓谷の都市など現在のウズベキスタンに進出し、ほぼ中央アジア全域を支配してセルジュク朝の最盛期を築いた。

一方、マリク・シャー一世は学問の発展にも力を注いだ。一〇七四年にはメルブを新都とし、オマル・ハイヤームをそこに招聘《しょうへい》した。目的はメルブに天文台を建設し、暦法を改正することである。それまでペルシアで普及していた暦は月の周期をもとにした太陰暦で、長く使ううち季節がずれてしまうため、新しい暦を必要としたのだ。

マリク・シャー一世の指令でつくられたジャラリー暦（マリキー暦）は現在のグレゴリウス暦と同様の太陽暦で、太陽が黄道一二宮の白羊宮に達した日が新年となる。よりわかりやすく言えば、ジャラリー暦は太陽が春分点を通る日を新年とする暦であった。ちなみに「ジャラリー」の名称は、マリク・シャー一世の称号「ジャラール・ウッ・ダウラ（国家の栄光）」に由来している。

セルジュク朝では、一〇七九年三月一六日を新しい年の初めとしてジャラリー暦が採用される予定だったが、結局実現されないままに終わってしまった。

この頃のヨーロッパでは、紀元前にユリウス・カエサル（ジュリアス・シーザー）が暦学者に命じてつくらせたユリウス暦が使われていたが、一六世紀になるとローマ教皇グレゴリウスの指示でグレゴリウス暦が採用された。それ以来、今も全世界で暦として活用されているのが、このグレゴリウス暦である。

グレゴリウス暦は大の月（三一日）、小の月（三〇日）が交互に置かれているが、ジャラリー暦では一月から六月までが大の月、七月から一二月までが小の月と定められていた。太陽の運行と暦の誤差を補うために設定される閏《うるう》年については、グレゴリウス暦とジャラリー暦は一致している。

つまり、オマル・ハイヤームのつくったジャラリー暦は、五世紀の後に制定されたグレゴリウス暦と比べて、ほとんど遜色《そんしょく》がなかった。これが採用されなかったのは、閏年を設けるための計算が難解で、実用的でなかったことが理由のようだ。一八世紀の著名な歴史家エドワード・ギボンは、「精度の観点で、ジャラリー暦はグレゴリウス暦に比肩する」と評している。

現在のイランではいくつかの暦が併用されているが、このうちイスラム暦はジャラリー暦を改良したものだ。

ところで、ハイヤームが天文学に勤しんだセルジュク朝の新都市メルブは、第一章で述べたように一三世紀に破壊し尽くされた。一九八〇年代に私もここを訪れたが、ハイヤームが関わったという天文台がどこにあったのか、まったくわからなかった。ここで活躍した「天文学者ハイヤーム」の思い出の遺跡も、跡形なく破壊し尽くされてしまっていた。また、サマルカンドのウルグ・ベグ天文台にも、オマル・ハイヤームの名も肖像画も永いこと飾られていなかった。この天文台が建てられたのは、メルブに天文台ができてから三〇〇年ほど後のことで、名称からわかるように、設立者はティムール朝の四代目君主ウルグ・ベグである。

ウルグ・ベグ（一三九四〜一四四九年）は天文学者、数学者、そして文人としてもすぐれた才能を持ち、彼が定めた惑星表と恒星表は精度が高いことで知られている。サマルカンドはベグによって学問と科学の拠点となったが、天文台はその象徴のような存在である。

一九七〇年代の半ばにウルグ・ベグ天文台を訪ねた時は建物の一部だけが残る廃墟となっていたが、一九九二年に再訪すると、天文台の隣にウルグ・ベグ記念館が建てられていた。記念館と言っても当時は仮設小屋だったが、その壁に以前にはなかったハイヤームの肖像画が掛けてあったのである。天文学者としてのハイヤームがようやく評価され始めた証《あかし》であろう。

天文学や暦学に詳しい人なら、ハイヤームの天文学的業績の価値はわかるはずだが、別に天文学の知識などなくても、ハイヤームの詩から天体をほのかに覗《のぞ》くことができる。その一例として拙訳を挙げておこう。

この天球を占める天上界、
これこそ賢者を悩ます疑惑の基。
心して握る知識の糸をゆるめぬように
なぜならこちらはゆらゆらと揺れ動く身の上だもの。

サマルカンドにあるウルグ・ベグの天文台跡

もし天空が神のように作れたなら、
こんな天空など叩きつぶしていたろう。
きっとこれとは別のものをつくっていたろう
そして好きなように望みを果たしていたさ。

ああ、この宇宙の真実など幻影だというのに
なんでいつまでも不平をならすのか。
運命のなすままに身をまかせ、苦悩に耐えよ
どうせ一度使い古した筆先などもう使えないのだから。

もし天空の運行が正しく運ばれていたのなら、
なにもが心地よいものだったろう。
天球の行動が公正だったというのなら、
なんで良識ある人たちが、ああまで苦しめられたんだろう。

（金子訳　92番）

天体観測をつづけたハイヤームは、天空に輝く星を、宇宙というものを当時の誰よりもよく理解していた。しかし彼は、この世の現実世界を知るにつれ、地球を含めた宇宙全体の空しさを、身をもって実感したに違いない。

いくら宇宙が広大無辺であるにしろ、地上に住む人々の幸福とは何ら関わりがない。有能な天文学者であると同時に、超現実主義者でもあった彼は、宇宙は「世の賢者を悩ます碁」でもあると、人知れず記していたのだった。

心の叫びを詩に託して

宮廷科学者オマル・ハイヤームは三代目スルタン、マリク・シャー一世からは重宝されたが、マリクの五男アフマド・サンジャールからは敵視されたと伝えられている。サンジャールは一一一七年にホーラッサン地方の太守となり、その中心地ニシャプールを根拠地とした。マリクに仕えていたハイヤームは、故郷の太守となったサンジャールにも同時に仕えたことになる。

アリ・イブン・サイドール・バイハキは、サンジャールがハイヤームを憎んだのは、幼少期のある出来事がきっかけだという。スルタンの家系に生まれたサンジャールは、子どもの頃から病弱だったため、心配した親族がハイヤームに病気の状態やその後の見通しをハイヤームに訊ねた。

「この子の病気は、残念ながら命に関わるものでしょう」

ハイヤームはこう推断した。もちろんサンジャールの目の前で告げたわけではないが、立ち聞きしていた奴隷がこの暗い将来の予見を、幼いサンジャールに告げ口してしまったという。この日以来、サンジャールはハイヤームに対して深い憎しみを抱きつづけたのである。

幸いハイヤームの予見は外れ、サンジャールは病を克服して成人したが、自分に不吉な運命を下したハイヤームのことは終生許すことがなく、何かにつけて辛《つら》く当たったと言われている。

サンジャールはやがて、ホーラッサン地方の太守から、セルジュク朝の八代目スルタンとなる。一一三七年のことで、すでに他界していたハイヤームはスルタンとしてのサンジャールに仕えることはなかった。しかし、故郷ホーラッサン地方の太守であったサンジャールに仕えた時代は、薄氷を踏むような思いだったことだろう。

ハイヤームはサンジャールの父マリク・シャー一世には重宝されたと述べたが、宮廷のための仕事も決していいことばかりではなかったようだ。小川亮作氏は岩波版『ルバイヤート』の「解説」のなかで記している。

セルジュク朝の内部では、王族による権力争いがくり広げられていた。一〇九二年、マリク・シャー一世が三七歳で死去したあと、まだ幼い息子同士がスルタンの座をめぐって敵対し、わずか六歳のマフムードが四代目スルタンとなったが、即位後間もなく天然痘で早世してしまった。

その後も兄弟同士の後継者争いはつづき、セルジュク朝は次第に衰退していく。一一三七年に八代目スルタンとなった五男のアフマド・サンジャールが弱体化したセルジュク朝を再興したが、晩年は中国系、トルコ系民族との戦いに敗北し、サンジャールの死でセルジュク朝の時代は幕を閉じた。

そしてこの頃、ペルシアにおける学問の発展も衰微してしまっていた。一〇世紀半ばには世界中をリードしていたイスラム学者たちの黄金時代は一一世紀末で終焉《しゅうえん》を迎え、学問の中心はキリスト教圏の学者たちへと移っていく。オマル・ハイヤームは、イスラム圏が学問的な優位を誇っていた時期の、最後の巨人となったのだった。

なぜこのような現象が起きてしまったのか。一説には、イスラムの宗教的制約が拡大し、自由に学問研究がしにくくなったとも言われる。また、セルジュク朝の内紛も無関係ではないだろう。理由はさまざまに取りざたされているが、はっきりとはわからない。

ただ、衰退へと向かう空気のなかで研究をつづけたハイヤームの立場や心情は想像できる。しかし、スルタンに仕える身の上では直接不平を口にすることもできず、心に浮かぶ言葉をハイヤームはきっと詩に託していたのだろう。

ものの成りゆきが一瞬《ひととき》でも好都合なら、
運命のなすがままに愉快にやりたまえ。
科学者が友になれば分るさ、君の肉体なんか、せいぜい空中に漂う埃《ごみ》か、吐き出した塵《ちり》にすぎぬと。

（金子訳　11番）

君が使うに必要な財産ぐらいなら、
手に入れようとしても許されよう。
だが自力で得られぬものを、蓄えようたって無駄なこと、
君の人生を、こんなものと引き替えなんてしないことだ。

（金子訳　83番）

ところで、オマル・ハイヤームが詩をつくり始めたのはいつ頃からなのだろう。スワミ・ゴヴィンダ・ティラーによると、それは三〇歳頃のことだったという。一〇七九年、形而上学（心理学）に関心を持ったハイヤームは、イスファーハンに滞在してイブン・スィーナーの講話をペルシア語からアラビア語に訳し、そのあとアラビア語で論文を書いた。この時、詩作に目覚め、やがてその才能を伸ばしていったらしい。
ゴヴィンダ・ティラーによればハイヤームが最初に書いた詩は次の一篇だったという。

わが悪評は天空にまでとどくほど、
楽しみとてない人生は、空中に舞う蠅《はえ》の如きもの。
もし出来ることなら百杯もの酒を呷《あお》って、
夫婦の絆などさっさと破鏡にし、余生を一〇倍楽しむこと。

「三〇歳で詩作に目覚めた」というゴヴィンダ・ティラー説がどれほど信頼できるかどうかはわからないが、この詩が三〇歳の時のものであるなら、その当時すでにハイヤームは人生に苦難を感じていたことになる。

哲学者のアズ・ザマアシヤリによると、ハイヤームは若い頃から詩に興味を持っていた。「ハイヤームは自分の生徒の一人で、アル・マアリーの詩に精通していた」と、ザマアシヤリは論文に書いている。

アル・マアリーはシリア出身の詩人で、偽善に対する軽蔑《けいべつ》を詩に込めるなど、警告的な作風で知られていた。ハイヤームの詩作は、多分にマアリーの影響を受けていたようだ。

しかし、当時の伝記作家たちは、ハイヤームの詩人としての側面には、ほとんど触れていない。「詩人ハイヤーム」の作品がまとめられ、評価が定まるまで、数百年の歳月が必要だった。

スーフィズムとハイヤーム

ペルシアに残されたおびただしいルバーイイのなかからオマル・ハイヤームの詩を選別する際、大きなポイントになったことがある。それは、彼がスーフィーであったかどうかだ。ハイヤームをスーフィーと信じる人とスーフィーではなかったと考える人とでは、その基準や選ぶ詩がかなり異なるのである。

それを説明する前に、まずスーフィーとは何なのかを明らかにしたい。スーフィーとはイスラム教における神秘主義者を意味する。スーフィーの語源には諸説あるが、「羊毛（アラビア語でスーフ）のボロ着をまとって、貧しくも清らかに過ごす人」という説が主流のようだ。

スーフィーは決してイスラム教の一宗派ではなく、「自由思想家」とでも言うべき人々を指す。スーフィーの目指す標点は肉欲、感覚的な欲望から完全に解放され、貧苦に甘んじて神とともに安息することだという。「貧苦に甘んじる」ことを第一義とすることから、ダーヴィッシュとも呼ばれている。ダーヴィッシュは「托鉢僧《たくはつ》」あるいは「巡礼者」と日本で訳されることが多いが、もともとは「貧者」という意味のペルシア語が語源である。

スーフィーの歴史はイスラム教が発祥した七世紀から始まったと言われるが、その活動は九世紀頃までのものと、一〇世紀以降のものとに大きく分かれる。九世紀までは「コーラン」を主体とするイスラムの教義に従い、単独で世間から隠棲《いんせい》し、貧困生活を送りながら修行をつづけた。

ところが一〇世紀を過ぎると、スーフィーは必ずしも「コーラン」に固執せず、進んで汎神論を唱えるようになる。この活動は一三世紀から一五世紀にかけて盛んになり、彼らは集団で托鉢をしながら各地を転々とした。この時期、スーフィー思想は中東全域を越え、インドや北アフリカにまで及んだと言われている。

ハイヤームの故郷ニシャプールを含むホーラッサン地方では、古くからユダヤ教徒、キリスト教徒、ペルシアの古代宗教であるゾロアスター教徒、それに数多く分派したイスラム教徒が混在していた。カルト的な集団も想像を絶するほど多種多様で、その関係は複雑であった。こうしたカルト宗教は、ペルシアで生まれたものだという。
八、九世紀、つまりハイヤームの誕生より一〇〇年ほど前になると、ホーラッサン地方では正統的なイスラム教徒がアラブの支配に抵抗し、多くの反乱事件が起きた。ハイヤームが生まれた時もこの抵抗運動はつづいていて、彼は運動の指導的行者と知己を得た。この時代の代表的な権威者はニシャプールのアブー・サイド・イブン・カイールという人物だったが、彼を始めとする指導者の思想は大半がスーフィズムに吸収されていったとされる。ホーラッサン地方は、古くからさまざまな文化の交流地点だっただけに、哲学的なスーフィズムが極度に発展したとも言われている。

極貧という小径をたどるまで、君はなにも得られない、
血の涙で頬を濡らすまで、なにも手に入らない。
なぜ欲望に身を焦がすのか？　利己心を捨てぬかぎり、
心清らかな人のようには、自由にはなれない。

（金子訳　33番）

この詩を見ると、ハイヤームはスーフィーにシンパシーを感じていたようにも思えるが、またこんな詩も書いている。

ある運命を、宗教の仕方で瞑想し、
別の運命を、神秘的な確信で熟考する。
だがある日、こんな叫び声に驚いた、
おばかさん、そんなのどちらも間違いよと。

（金子訳　77番）

カイールらの思想と行動に触発され、ハイヤームが実際スーフィーになったかどうか、どのような信仰心を持っていたかはわからない。彼と同時代を生きた学者、後世の歴史学者たちの残した言葉を見ると、ハイヤームを「スーフィー」と判断する人と、「スーフィーではない」と考える人に分かれている。

興味深いのは、一九世紀の英国人マウントスチュアート・エルフィンストーンがハイヤームをスーフィーと関連づける文章を残していることだ。エルフィンストーンは、英国東インド会社が初めてアフガニスタンに送った使節団の団長を務めた人物である。

一八〇九年、彼はアフガニスタンの首都カーブルで国王シャー・ジュジャーと会見し、条約を締結して赴任地のインドへ帰還した。この時の報告書『カーブル宮廷使節記』（*An Account of Kingdom of Caubul, and its dependencies in Persia, Tartary, and India*, xxii + 675p., London, 1815）のなかに、カーブルの宮廷に巣食うカルト集団についての記述がある。その部分を要約してみよう。

「首都カーブルでは自由思想を標榜《ひょうぼう》する一セクトが幅を利かせ、王宮内でも勝手気儘《きまま》な振る舞いをしているのは、このセクトの主導者はムラー・ザキーという人物で、彼の帰属するところは『ソーフィー（soofees）』とよく混同されたと言われている」

この「ソーフィー」がスーフィーのことで、エルフィンストーンはこうつづけて書いている。

「このセクトの教義は古くから伝わったもので、正しくは古い時代のペルシア詩人『ヘイオーム』のものだ。彼の詩は不信心の見本であり、他の言語でこれに匹敵できるものはいないだろう。ヘイオームはまさしく悪の巣窟のなかに住んでいて、信じがたい言葉で神を中傷している」

「ヘイオーム」という固有名詞は“Kheioom”と綴られているが、これがハイヤームであるのは間違いない。エルフィンストーンはさらに書く。

「（ヘイオームを先覚者として崇拝する）セクトの連中の見解は、秘密に鎖《とざ》されている。そしてこのカルト教は、シャー・マホムート（アフガニスタンのシャー・ジュジャー）の宮廷にいる放蕩な貴族どものあいだに広く行きわたっていると言われている」

アフガニスタンの宮廷にカルト信者がはびこっているのは事実としても、この記述ではなぜハイヤームが「悪」なのか少しも理解できない。エルフィンストーンは報告書のなかで強烈にハイヤームと彼の詩を批判しているが、ハイヤームの詩を一つも紹介することなく、とにかくハイヤームとスーフィズムの関連を示唆し、罵倒《ばとう》を浴びせているだけだ。

ところで、エルフィンストーンの報告書が書かれた年に注目していただきたい。ハイヤームは、英国人エドワード・フィッツジェラルドが一八五九年に英語訳の『ルバイヤート』を出版するまで、ヨーロッパではまったく知られていなかったと考えられてきた。しかし、そのおよそ半世紀も前に、同じ英国人が思わぬ形でハイヤームをヨーロッパに紹介していたのである。

さて、エルフィンストーンにスーフィーとの関連を疑われたハイヤームを、同時代の人はどう見ていたのだろう。ハイヤームの詩から推測すると、彼は精神的にも思想的にもスーフィーに近いが、意外なことに、スーフィー派の学者や詩人たちの大半はハイヤームを忌み嫌っていたようだ。

主な理由は、ハイヤームの詩がスーフィーの神学者たちの考えとまるで違っていたこと、スーフィーの詩人やイスラム教正統派の詩人たちの詩とも違っているという点だった。

スーフィー派詩人の一人ファリドゥ・ウッディーン・アタなどは、ハイヤームをこう酷評している。

「ハイヤームなどは、死ねば神の入り口にさえ入れないだろう」

こうした批判的な言葉の数々を、ハイヤームが直接浴びせられていたのかどうかはわからない。だが、彼はこんな詩を残している。

苦心して学徳をつみかさねた人たちは
「世の燈明」と仰がれて光りかがやきながら、
闇《やみ》の夜にぼそぼそお伽《とぎ》ばなしをしたばかりで、
夜も明けやらぬに早《はや》や燃えつきてしまった。

（小川訳　12番）

「世の燈明」とは、神学者を奉る称号であることからすると、これは神学者たちに対する強烈な皮肉だろう。

スーフィー派の学者ナジムード・ウド・ディン・ダヤも、自著『敬虔《けいけん》なる信者の監視塔』のなかでハイヤームの詩を二篇紹介している。日本語に翻訳すると、以下のような内容の詩だ。

われらが行ったり来たりするこの周期、
始めも終わりも区別がつかない。

だれもがこの理由《わけ》を知らぬから、
どこから来てどこへ行くのかさえ分からない。

提灯《ちょうちん》持ちという奴は、何でも飾りたがるのに、
なんで物事を切ったり、貼ったりするんだろう。
うまくいってたら、なぜ壊す?
形が悪くなったら、だれのせい?

これらの詩が本当にハイヤームの作品かどうか確証はないが、ダヤは明確に「ハイヤームの作」と指摘し、「この二作には彼の悪意がよく表現されている」と書いている。
ハイヤームと同時代の哲学者でスーフィズムを正統派イスラム教に同化させようと努力をつづけていたアル・ガザリは、ハイヤームのギリシア哲学への傾倒が「何とも我慢ならなかった」という。ガザリ曰《いわ》く「ハイヤームの大きな誤りは、ペルシアのもっとも著名なイブン・スィーナーに追随し、あまつさえアリストテレスの新プラトン学派だったことに

ある」。

アル・ガザリには『哲学理論の撲滅』という著作があるが、これはイブン・スィーナーの哲学を粉砕する目的で書かれたものだ。ギリシア哲学を嫌うガザリの刃は、ハイヤームにも向かったのだった。

同時代人のガザリとハイヤームは実際に顔を合わせることもあった。一度その場に居合わせたアリ・イブン・ザイドが、「二人の会見はぎすぎすした非友好的なものだった」と自著で描写している。この時、ガザリは天文学について質問したらしいが、ハイヤームははぐらかすような答えを返しただけで、早々に話を打ち切ってしまったという。

わが敵はなにを勘違いしたのか、わたしを哲学者という。
神は、そんなものでないことぐらい先刻ご承知のはず。
この悲しみの住処に戻ってからというもの、
わたしが何者か知ったところで、まるっきり無意味なこと。

（金子訳　67番）

オマル・ハイヤームの墓所（右）とイマム・マハルの庭。ここにハイヤームの墓石が立っている（ニシャプール、現在不明）

「哲学者」は、もともと古代ギリシアで学問一般を収めた人を指す言葉だった。欧米世界では今も、博士号の学位を「哲学博士（a Doctor of Philosophy）」で統一している。ハイヤームを哲学者と称する人々も、「広く学問に通じている人」という意味でこの言葉を使っている場合がある。

だが、もう一つ、ハイヤームの生きた時代、「哲学者」には「正統派イスラム教徒の敵＝自由思想家」を指すこともあり、この詩ではこちらの意味だろう。あるいはここで「敵」と名指したのは、アル・ガザリのことだったのかもしれない。

ともあれハイヤームは、容易に人と打ち解けず、気むずかしい人物だったようだ。アリ・イブン・ザイドは八歳の頃、父に連れられてハイヤームに逢った時のことを記している。その時、ハイヤームは幼いザイドにアラビア語の詩を訳し、また曲線の多様性について話してくれたが、「彼の説明はまるで親しみのないもので、性格としては狭量で、怒りっぽい人物だった」と。

八歳の子どもに対しても、ハイヤームは笑顔を向けることがなかったらしい。ダヤやガザリ、ザイドらのハイヤーム評からも、周囲の知識人たちに「へそ曲がり」、「異端者」と目されていたことがうかがえる。寡黙な人物でもあったらしいハイヤームは、自らの心の声をすべて詩に託していたのだろうか。

第三章　『ルバイヤート』と私の奇妙な旅

『ルバイヤート』の故郷ニシャプールへ

一九七〇年代の初めから、私はしばしば西アジアや中央アジアの辺境地帯を旅するようになった。一応は考古学や地理学などさまざまな調査目的で、一九世紀後半から二〇世紀前半にアジア一帯を訪れた西洋人や、日本人の足跡を辿る旅である。

とりわけ関心を寄せていたのは、スウェーデンの地理学者で探検家でもあるスヴェン・ヘディンで、彼は何度かペルシアへ入っていたので、いつか私もその国へ行き、オマル・ハイヤームの故郷も訪れてみたいと考えていた。

一九七四年、心配性の父親が他界したので、翌年トルキスタンに入り、サマルカンド、ブハラを通り、アム・ダリア河周辺まで行った。ここは奇しくも『ルバイヤート』の著者であるオマル・ハイヤームと関わりの深い土地だった。

その後、一九九一年にソヴィエト連邦が崩壊した直後、アム・ダリア河を渡り、カラ・クム沙漠を越えて、やっと入国が自由になったトルクメニスタンに入ることができた。ト

西域地図

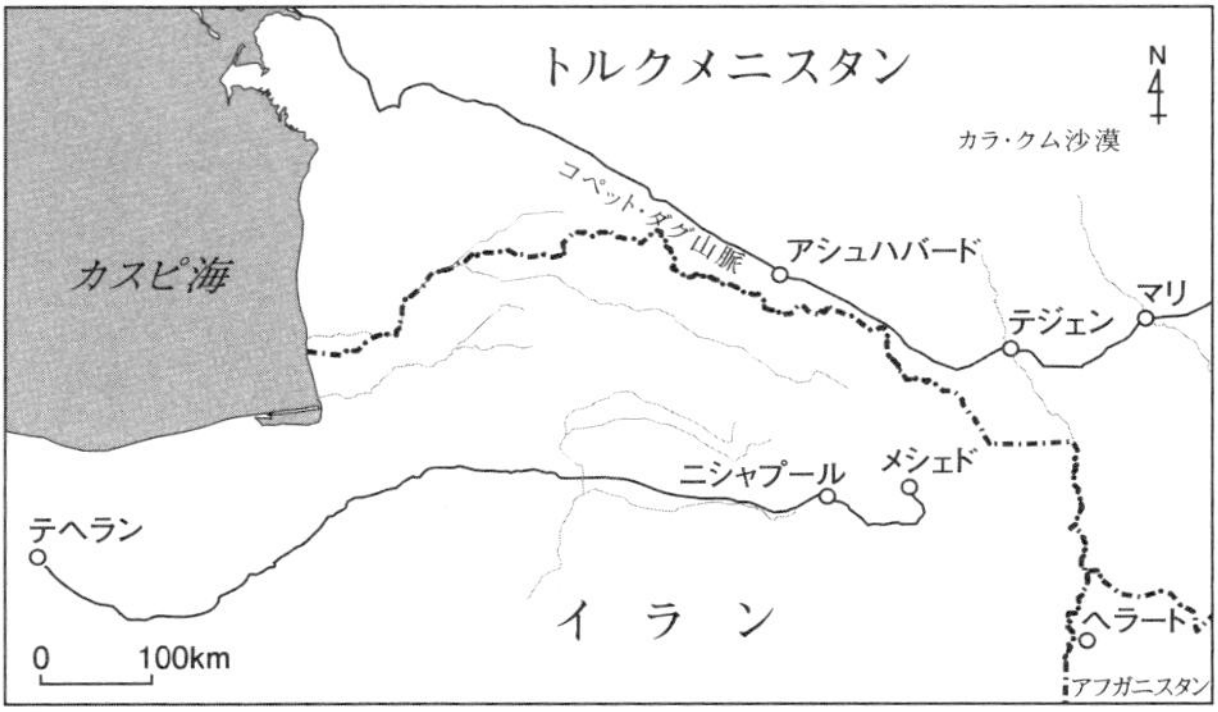

ルクメニスタンは、オマル・ハイヤームの生きた一一世紀にはセルジュク朝ペルシアの領土だった。

今ではトルクメニスタンの南に位置するコペット・ダグ山脈が、イランとの国境になっている。この国境線のすぐ北にある首都アシュハバードから国境を越え、およそ二〇〇キロ足らず南を目指せばハイヤームの故郷イランのニシャプールへ着く。車で行けば、日帰りの小旅行も可能なほど近い距離だ。

この時以降もトルクメニスタン滞在中、私は幾度もニシャプールまでの旅行許可を申請したが、ことはそう簡単ではなかった。許可が下りなかったわけではない。アシュハバードからニシャプールへ入ることは可能だが、ここを出るとまたアシュハバードまで戻ってくるためには、一旦イランの首都テヘランまで出向き、そこでトルクメニスタンへの再入国許可を取らなければならなかったからだ。ニシャプールからテヘランまではざっと七三〇キロほど。当時の交通状況ではニシャプールとテヘランを往復するだけで一週間もかかってしまい、とてもそんな時間は割けない。そこでこのルートは諦《あきら》め、次の機会に別ルートを試すことにした。

次の機会は一九七七年にすでにあったのである。アフガニスタンへ地理的な調査に出かけた折、トルクメニスタンやイランからではなく、アフガニスタン経由でニシャプール行きを試みたのである。アフガニスタンの北西部から国境を越え、北へ進んでまずヘラートへ行き、そこからニシャプールへ入るルートだ。このルートでニシャプールへ入っても、イランから出国してアフガニスタンへ戻るには、やはりテヘランでの手つづきが必要になる。

しかし、今だから書けるが、この時はアフガニスタンからイランへの入国でさえ、正式な許可を取らなかった。完全な密入国である。と言っても国境線に出入国管理事務所があるわけではない。それどころか、この地帯は国境線も定かではなく、ただの沙漠と草原地帯にすぎなかった。

アフガニスタンは一九七八年にソ連軍の侵攻を受けるが、私が訪れた一九七七年はアフガニスタンを始め、中央アジアは比較的平和が保たれていた。イランにしても一九七九年のイスラム革命後はアメリカとのあいだに不穏な空気が流れるが、この時は穏やかであった。アフガニスタンから密かに国境を越えて訪れたニシャプールもただの平凡な街にすぎず、人影も少なく、かつての殷賑《いんしん》を極めたシルクロードの俤《おもかげ》を偲《しの》ぶのは、まるでないようだった。

そこで道行く人にオマル・ハイヤームの墓はどこかと訊ねたものの、よくわからなかった。この頃にはハイヤームの死後につくられた廟《びょう》もできていたと思うのだが、はっきり言えば、今ほどオマル・ハイヤームは人々に知られておらず、ずっと後に聞いたところによると、記念館ができたのも、二〇〇〇年を過ぎてからだったようだ。

その記念館を正式に訪ねたのは二〇一三年になってからだが、記念館と言ってもごくささやかで、人が三、四人も入ればもういっぱいである。しかし、ここには世界で出されたさまざまな『ルバイヤート』の各版が蒐められていた。私から見れば新しいごくわずかなものだが、驚いたことに中国語訳の新刊本があった。中国語版『ルバイヤート』は文庫本ほどの小さなもので、いつ出版されたのか正確にはわからないが、せいぜい二〇一〇年前後ではないだろうか。

中国が時代に目をつける素早さには、もう感嘆するしかない。ニシャプールは古来トルコ石の原産地なのだが、かつてトルコはここから大量の原石を運び出し、宝石として売っていた。トルコ石という名称も、トルコがいかにも自国産の宝石と思わせるためにつけたものだ。ところが今は中国がトルコに取って代わっている。ニシャプール産とされる純粋なトルコ石は、実は中国製の模造品ばかりになってしまったようだ。

ニシャプールに行った折、土産にトルコ石を一つ購入しようとしたところ、どこへ行っても現地のイラン人から、「偽物だからおよしなさい」と注意された。イラン人の好意は決して忘れられない。アメリカやEU諸国に行っても、こんな体験はしたことがない。

ワインと美女とチューリップの楽園

オマル・ハイヤームの『ルバイヤート』には「酒」と「女性」と「花（バラとチューリップ）」がくり返し詠われている。時には、この三つが仲よく揃って詩に盛り込まれることもある。

もし一片の白いパンと、二樽の酒と、
それに羊の腿肉《ももにく》にもめぐまれて、
チューリップのような美女と花園で過ごせたら、
それはまさに君主《サルタン》にも勝るたのしさ。

（金子訳　91番）

なぜ彼が酒と女性と花を詩に多用したのか、このこともハイヤームの生まれ故郷や暮らした街に実際行ってみると納得がいく。特に「女性」と「花」は、どこにもあふれている。三つのなかで『ルバイヤート』にもっとも多く登場するのは酒で、「葡萄酒《ぶどう》」も、「美酒《うまざけ》」、「紅の酒《あけ》」、「紅《くれない》の水」、「液体の紅玉石《ルビー》」など、さまざまに表現されるが、ハイヤームが世の憂さを晴らすために飲んでいたのは、赤ワインだったろう。

しかし現在、イランでは法律で酒は飲むことができない。隠れて飲むこともむずかしい。ただ、私に同情したイラン人の知人が、そっとコーカサス産の赤ワインを持ってきてくれた。旅先でこれほど感謝したことはない。

ところで、ワインの発祥地はジョージア（旧グルジア共和国）と言われている。ジョージアはイラン北西部の山脈南麓、コーカサスに位置しているが、ここは葡萄の発祥地でもあるという。一説によると、この地域では紀元前一万年頃から葡萄が栽培され、紀元前八〇〇〇年頃からワインが飲まれていた。ワインの醸造については意図したものではなく、食用に貯蔵しておいた葡萄が発酵し、自然発生的にできたのだろうという説が有力らしい。

シルクロード上にあるジョージアは古くからペルシア、ローマなどに支配されてきたが、ハイヤームが生きた一一世紀には一時セルジュク朝の属国となっていた。この時代、イスラムの戒律により飲酒は一応禁止されていたはずだが、どうやら酒を供する酒場はあったようで、ハイヤームのようにジョージア発祥の赤ワインを密かに楽しんでいた人も多くいたことだろう。

ハイヤームの『ルバイヤート』には酒姫《サーキイ》がよく登場する。


時という召使いの告げ口なんかに、気を遣うでない、綺麗に着飾った酒姫《サーキイ》よ、酒を注いでおくれ。
彼らとて、一人また一人と世を去って行っては、
だれも二度と戻って来た気配すらない。

（金子訳　78番）

この詩を目にした人は、きっと酒姫とは「酒をお酌する女性」と解釈するはずだ。確かにそれは間違っていないが、実を言えばこの酌婦の正体は女装した男、それも多くは歳の頃一二、三歳から一六、七歳までの美少年だ。イスラム社会では女性が人前や宴席に出られなかったので、その代わりに思春期前後の少年が酌とりの役をしたのである。なかでもまだ髭《ひげ》の生えていない少年は、酒場で大変好まれたという。

酒姫と言ってよいか悪いかわからないが、彼らは一九七〇年代以降も、かつてセルジュク朝の支配地だった土地に存在していた。その七〇年代にサマルカンドへ旅した私も、酒を出す茶店で酒姫に出逢うことができた。その酒姫は何とハイヤームの時代と同じく女装の青年で、酌をとるだけでなく踊り子の役目もするそうだ。

「できれば男性より真物の女性のほうがいいんだけどな」と笑いながら言うと、女装の酒

姫はちらりと私を睨《にら》み、しばらくしてすっと席を離れ、戻ってきた時には本物の女性と入れ代わっていた。まさに『千夜一夜物語』の世界である。

友よ、おれが本当のことを話すのをぜひ聞いてくれ、
紅《くれない》の美酒《うまざけ》と、よき人と一緒だってことを。
この世をだれが造ったのかなど知ったことじゃない
君の口髭やおれの鬚《あごひげ》など、どおってことないじゃないか。
（金子訳　85番）

ハイヤームの故郷ニシャプールもシルクロードの要所であり、古《いにしえ》から多くの民族がこの地を行き交った。そのため民族の混血も進み、本当に目を見張るような美しい女性が多い。私は若い頃から旅先で出逢った人をスケッチしてきたが、中央アジアで出逢った女性は街によって特徴がみな微妙に異なっている。出逢った当初はその差異に気づかなかったが、下手なスケッチでもあとで眺めてみるとその違いが発見できるのだ。
中央アジアのなかではトルクメニスタンが美人の宝庫とされている。トルコ系の血が入

り、黒髪、黒い瞳《ひとみ》で少々勝気な感じの美女をトルクメニスタンで見かけた時、とうとうハイヤームの世界に私も一歩足を踏み入れたのだな、と感慨もひとしおだった。

*

酒と女性と並んで『ルバイヤート』によく登場するチューリップの生産地と言えば、すぐに思い浮かぶのはオランダだろう。球根から栽培する花の大半は根の発生する部分を下に向けて植えなければ育たない。だがチューリップの球根はどんな角度で植えても育つため、ばら撒《ま》きができることから大量生産が始まり、世界的に投機の対象にもなった。そのビジネスに成功したのがオランダだが、原産地は別だ。

ではチューリップの故郷はどこか。一般にはトルコのアナトリア地方だと言われているが、実際はハイヤームの故郷ニシャプールからトルキスタンにかけての沙漠と草原地帯が、チューリップの原産地なのだ。

そしてこの土地はまた、ガラスの産地でもある。ペルシアガラスはササン朝ペルシア

（二二六〜六五一年）時代から製造されてきた。わが国にも六世紀のペルシアで製造されたと見られるカットグラスがシルクロードを通って伝わり、白瑠璃碗《はくるりのわん》と銘打たれて奈良東大寺の正倉院に収められている。

ハイヤームがルビー色のワインを嗜《たしな》んだセルジュク朝時代には、すでに現在と同じような形のワイングラスがきっと現地で生産されていたことだろう。つまり、飲み口がすぼまっている、どちらかというと先の尖《とが》ったチューリップ型のグラスである。

ワイングラスがこの形になった理由は「ふくよかなワインの香りを器のなかに留《とど》めるため」と言われているが、そのスタイルはワインの発祥地とチューリップの原産地が近い場所にあったことと無縁ではないようだ。

葡萄酒が液体の紅玉石《ルビー》なら、さしずめ容器は鉱山で、
酒杯が肉体というのなら、なかの酒は魂だ。
酒で笑顔をつくる透明な酒杯とは、
内に隠れた恋人の血潮、一滴の涙てこと。

（金子訳　21番）

イランに行ったついでに、テヘランに限らず、ともかくガラス製品が保存されていたり展示されている場所は、できる限り覗いてみることにした。しかし、すぐれたガラス容器、特にワイン・グラスの完品にはほとんどぶつからなかった。各博物館の担当責任者が懇切丁寧に説明してくれたところによると、今ではよい作品がないのだという。ペルシアから日本に渡ってきたガラス製品のなかによい作品が遺ったのは、あるいは生活のなかで使われず、初めから貴重なものとして保存されていたからかもしれない。

東京の三鷹市にある中近東文化センターに勤めていた友人たちは、イランへ調査に行くと、私のために一〇〇〇年以上昔のガラスの標本を拾い集めてきてくれたものだった。もちろん、これらはみな割れた破片にすぎないが、オマル・ハイヤームを偲ぶには十分だった。

イランの国花であるバラもハイヤームのルバーイイに登場するが、その数はチューリップには及ばない。故郷のニシャプールや科学者として暮らしたサマルカンドでは、バラよりもチューリップに親しんでいたからかもしれない。

ちなみにハイヤームだけでなく、ペルシアの詩には花がたくさん登場する。ペルシアは草花の宝庫であり、現代庭園の発祥地でもある。現在、ヨーロッパの城や邸宅に見られる整然とした庭園も、原型は「ペルシア式庭園」である。ペルシアでは樹木や草花、池や泉を備えた庭を「パエリダエーザ」と言い、これが「パラダイス（楽園）」の語源となった。

さて、チューリップに戻ると、沙漠に近い荒れた地で野生のチューリップが一斉に花を開くのは三月の彼岸の頃だ。一度その時期を狙って中央アジアに入り、世にも美しい光景を目にしたことがある。サマルカンドの南からトルクメニスタンにかけての地面が、見渡す限り赤、ピンク、黄色、白のチューリップとケシの花で絨毯《じゅうたん》を敷き詰めたように埋めつくされていた。これは人工庭園ではない。

チューリップの花咲くどの野原も、
それは王子の血潮で紅く染められしもの。
地から萌えでた菫《すみれ》のどの群落も、
愛《いと》しい人の頬にあった付け黒子《ほくろ》。

（金子訳　22番）

黒子《ほくろ》というのは美女を象徴する表現である。こうしたハイヤームの詩は、他民族にくり返し侵入され、蹂躙された土地をこの目で実際に見た時、胸の奥にすっと落ちてくる。逆に言えば、中央アジアに行く前に『ルバイヤート』を知っていれば、その旅の楽しさ、味わい深さが格段に増すことだろう。

イラン人の心に生きるオマル・ハイヤーム

イランというと「遠い国」と思う方が多いかもしれないが、実はペルシアとわが国とは奈良時代（七一〇～七九四年）からとりわけ深い関係があった。この時代にもたらされたササン朝ペルシアの美術工芸品が東大寺の正倉院に収められているのはよく知られているが、他にもたくさん入ってきたようで、奈良県や香川県などの遺跡から今も時々ペルシアの工芸品が出土している。

奈良時代、わが国には物だけではなくペルシア人も中国から多数渡来し、日本で生活していたと言われる。この頃、中国は唐時代のなかでももっとも栄え、シルクロードを通じて西域の国々と盛んに交易が行われていた。唐には異国人も多く住み、六五一年にササン朝ペルシアが滅亡すると、ペルシアから多数の王侯貴族や美術工芸家、商人などが首都長安に流入したという。

日本からは遣唐使が続々と唐に渡っていたが、『続日本書紀』には七三六（天平八）年に帰国した中臣朝臣名代《なかとみのあそんなしろ》らは、唐人とペルシア人を唐から連れてきたという記述がある。その後もペルシア人の来日はつづいたと言われる。なかには若い女性たちもいたと言われるが、来日したペルシアの人々がどういった職業であったかは、残念ながら文献には残っていない。今から一三〇〇年も昔に結ばれた日本とペルシアの縁は、依然として謎に包まれたままなのだ。

新しいところでは一九五三年、イランと日本を結びつける出来事が起きた。いわゆる「日章丸事件」である。第二次世界大戦後、イランは独立国でありながら、石油の輸出に関しては英国の支配下にあった。世界最大級の油田を持つイランだが、それを輸出しても英国の石油メジャー会社にしか利益はもたらされない。

事実上の経済制裁を受けたイランはその状況に反発し、一九五一年に石油の国有化を宣言して英国と真っ向から対立した。そんなさなか、英国軍がペルシア湾に配備した軍艦の警備をすり抜け、イランから直接石油を買いつけたのが日本の石油会社だった。なかなかしたたかである。これが公になると、それまでイランの石油が生み出す利益を貪っていた英国石油会社が日本の石油会社を提訴したが、結果は日本の石油会社側の勝訴に終わった。

この出来事は戦後の日本経済に活気をもたらすとともに、世界的に石油の自由貿易がスタートするきっかけともなった。イランにしてみれば、日本に経済危機を救われたことになる。日章丸事件に恩を感じたイラン国民は、これ以降「親日家」になったとも言われている。

このためかどうかはわからないが、一九七〇年代以来たびたび訪れたトルキスタンやイランで出逢った人々はみな親切で、いやな顔をされたことは一度もない。しかも、オマル・ハイヤームを知っていることや『ルバイヤート』を読んだことを話すと、とたんに友好的になる人が多い。

話はいささか脱線するのだが、イランと言えば何と言われようと伝統のペルシア絨毯であろう。その豪華さ華麗さは、実際に接してみないとわからない。人間はどうやら生来、蒐集癖というものを持っているらしく、何か蒐めたくなる。批判する人もいるようだが、好き嫌いだからかまわない。

私がまだ子どもの頃、父親から「人は物を蒐める癖があるが、その最高のものは東洋では仏像、西洋では絨毯だ」と聞かされた。こんなことはすっかり忘れていたのだが、実際のペルシア絨毯を見た瞬間、「父の言ったことは本当だ」と思ったものだ。

『ルバイヤート』はあくまでも言葉の世界だが、ペルシア絨毯は美の世界に違いない。同じ絨毯と言っても、サマルカンド産、トルクメニスタン産、ペルシア産、ホータン産とみな違っている。そこで中央アジアや中東諸国を訪れた時、決まって絨毯工場を訪ね、織物の現場を見学させてもらった。これは日本では体験できない世界である。

イラン中部の街イスファーハンで絨毯屋を訪ねたあと、街角の一角に差しかかった時、商店の主人と思われる人が出てきて、「よくいらしてくださった」と丁重に挨拶された。私のことは聞いて知っていたらしいが、こちらはさっぱりわからない。

主人は「会った記念に」と言って、ごく小さな人物像の挿絵をくれた。「これはオマル・ハイヤームだ」と言う。この主人は、ペルシアの古典的な人物画を描くのが商売だった。彼はそのあとたくさんの作品を見せてくれたが、実に素晴らしいものが多かった。

私もかつてオマル・ハイヤームの肖像画をあれこれ想像して描いてみたが、それはまあひどいものだった。イランでもハイヤームの新旧の肖像画はいくつか知られているものの、描く人によってみな違うようだが、私は日本人でオマル・ハイヤームを描いた人は知らない。『ルバイヤート』の愛読者はみなどう想像しているのだろうか。ともかくイスファーハンでもらったオマル・ハイヤームの肖像画は、イランでのいちばんうれしいプレゼントだった。

新グレイト・ゲーム

私が頻繁に中央アジアを訪れていた一九八〇〜一九九〇年代は、まだグレイト・ゲームの名残とも言える活動がつづいている時代でもあった。グレイト・ゲームとは、言わば各国間の情報合戦のようなもので、もともとは一九世紀から二〇世紀初めにかけての中央アジアをめぐる、大英帝国とロシア帝国の情報戦のことを言う。インドに植民地を持つ大英帝国と、北から南下してアフガニスタンやペルシアを狙うロシア帝国の二大強国が水面下でぶつかり合っていたのだ。

英国人作家で『ジャングル・ブック』の著者でもあるラドヤード・キプリングの小説『キム』にその実態がよく描かれ、小説中でも「グレイト・ゲーム」の名称が使われたため、この言葉は広く知られるようになっていった。

二〇世紀の初めは、まだ中央アジアには地図上の空白地帯も多く、ヨーロッパの多くの国が地理学的な調査隊、古代文化遺産の発掘調査隊を中央アジアに送り込んでいた。地図なき土地、道なき道をゆく探検調査である。

こうした探検的な調査と情報・外交戦とはまったく無関係に思えるが、実は極めて密接な関わりを持っていた。探検は純粋な学問的研究である反面、高度な秘密情報収集作業でもある。だからこそ各国は、莫大《ばくだい》な探検資金を惜しみなく出したのだった。

本来の意味でのグレイト・ゲームは、一九〇七年に、アフガニスタンやペルシアにおける両国の勢力範囲を取り決めた英露協商の成立で終わりを告げたが、その後も引き継がれ、中央アジア全域を舞台にさまざまな国が参加し、進行していく。

一九八〇年以降の私の中央アジア行きは、この地を探検した先駆者たちの足跡を辿るもので、その旅の途中、幾度となく諜報《ちょうほう》機関のエージェントらしき欧米人と接触することもあった。時代は大きく変わり、いつしか新グレイト・ゲームの時代に入ったと思える。しかし、事態はむしろ年々深刻さを増しているらしい。

たとえば、中国新疆《しんきょう》ウイグル地域はいまなお数十年おきに、大きなイスラム教徒の暴動が起こっている。特にキルギスと国境を接する伊犂《いり》地方である。一九世紀末から二〇世紀にかけての、中国人とイスラム教徒の動乱では、どちらも皆殺しに遭った。これを回乱と言う。宗教で民族問題なのでこれを止めることは、大変にむずかしい。

大谷探検隊と『ルバイヤート』の不思議な因縁

二〇世紀初頭からの中央アジア探検には、わが国の団体も参加していた。一九〇〇年頃に敦煌《とんこう》市の莫高窟《ばっこうくつ》からたまたま発見された敦煌文書の一部を持ち帰ったことで知られる、大谷探検隊（西本願寺探検隊）である。

かつて「西域」と呼ばれた中国の西方が盛んに探検されるようになったのは、一八九〇年のある出来事がきっかけだった。この年、英国のバウアー大尉が、現在の中国新疆ウイグル自治区の中部にあるクチャ（庫車）で、現地人から古文書を購入した。庫車はかつて栄えたオアシス都市・亀茲《きじ》があったところで、バウアー大尉が入手した古文書は、西暦五世紀に樺《かば》の樹皮に書かれた文書であることがわかった。

普通なら、石ではなく紙や樹皮に書かれた文字は、一〇〇〇年近くももたずに風化してしまうが、この辺りは沙漠がつづく乾燥地帯であったことから、消滅せずに残っていたのだった。後に「バウアー文書」と名づけられたこの文書の発見は、「西域の沙漠地帯は巨大なタイムカプセル」であることの発見でもあった。

ここから英国やスウェーデンの探検隊が西域を目指し始めたが、重大な発見をしたのは現地にいた中国人だった。その名を王圓籙《おうえんろく》という、道教の教義を伝える道士である。王道士は敦煌にある莫高窟の管理や警備を任されていたが、一九〇〇年頃、莫高窟の千仏堂蔵経洞のなかに、おびただしい漢籍や経典、美術品が眠っているのを発見した。

このことが知れると、英国人の宣教師ジョージ・ハンター、ハンガリーから英国に帰化した考古学者で探検家のオーレル・スタインが王道士のもとを訪れ、敦煌文書を入手する。一方、日本でも浄土真宗本願寺派の二二代法主であった大谷光瑞《こうずい》が発起人となり、「仏教資料の発掘」を目的に西域探検隊が組織された。これがいわゆる大谷探検隊である。

他国の探検隊がほとんど国を挙げてのプロジェクトだったのに対し、大谷探検隊は西本願寺の資金で賄われ、一九〇二年から一九一四年まで三度にわたって西域を探検した。第二次及び第三次大谷探検隊の中心となったのは大谷光瑞の弟子、橘瑞超《たちばなずいちょう》である。橘は楼《ろう》蘭《らん》の古址で四世紀の文書（李柏文書）を発掘し、さらにまた敦煌莫高窟の出土品など多くの仏教資料や美術品を、吉川小一郎とともに日本に持ち帰った。

しかし、この時すでにスタインら外国の探検隊が、千仏堂蔵経洞から多くの文書や美術品を持ち出していた。考古学的な研究や発掘において、日本は諸外国にすっかり遅れをとっていたのだ。

さて、ではこの大谷探検隊と『ルバイヤート』が、妙な因縁で結ばれていたのかを説明しよう。大谷探検隊を率いた橘瑞超は、楼蘭で発見した「李柏文書」をインドで、一九〇九年英国の東洋学者デニスン・ロスに見せた。四世紀に西域の高官を務めた李柏が認《したた》めた文書である。ロスにはこの文書の価値がすぐにわかったらしく、さらに「ロンドン・タイムス」紙の紹介記事もあって、これが日本でよりも西欧で早く広まった。

デニスン・ロスはその後、第二次世界大戦中に英国情報局長として、トルコを中心にして情報活動をしていた。その彼が何とオマル・ハイヤームと関係があるのだ。

ロスは一二世紀にペルシアで著された『哲学者列伝』を一九二九年に初めて紹介したが、この書にはそれまで謎とされていたオマル・ハイヤームの生年月日が記され、前述したようにそれをインド人のスワミ・ゴヴィンダ・ティラーが証明した。

敦煌文書が暴いたケンブリッジ版『ルバイヤート』の謎

大谷探検隊とルバイヤートの縁は、それだけではない。京都国立博物館に所蔵された敦煌文書と、第一章で紹介したケンブリッジ大学に所蔵された『ルバイヤート』も、ある一点で結びついていたのである。

大谷探検隊の持ち帰った古文書や美術品は、長いあいだ一般の人にはあまり知られていなかった。それがにわかに注目されるきっかけとなったのは、一九八〇年代のシルクロードブームである。

一九八〇年、ＮＨＫが中国の協力を得て制作したドキュメンタリー番組『シルクロード』が人気を呼び、シルクロードにまつわる展覧会も各地で開かれるようになった。李柏文書、楼蘭文書など大谷隊が持ち帰った数々の品も展示され、人々の関心を集めるようになったが、皮肉なことに八〇年代の中盤、衝撃的なニュースがもたらされた。

一九八六年一月二二日付の「朝日新聞」が、「京都国立博物館に収められている敦煌写経のなかに偽物がある」と報じたのだ。この敦煌写経は弁護士で経典類や銅鏡のコレクターである守屋孝蔵氏が寄贈したものだが、ここから大谷隊が蒐めた敦煌文書にも疑惑の目が向けられたのだった。

敦煌文書の偽造の件は、現在も詳細はわからない。ただ概略で言えば、一九〇七年と一九〇八年にスタイン、そして東洋学者で探検家でもあったフランス人ポール・ペリオが敦煌を訪れ、相当量の文書を購入して各々英国とフランスに戻った。このことを知った当時の清朝政府は驚いて、一九一〇年に担当の役人を現地敦煌に派遣し、残りの文書を差し押さえて北京《ペキン》まで牛車で運ばせた。これはよく知られた話である。

この前後の詳しい事情はよくわからないが、素封家の李盛鐸《りせいたく》という人物が地元の北京でこの話を聞き、巧みにこの責任者の役人を自宅に招いて応対したうえで、敦煌文書の一部を手に入れたらしい。どういう手を使ったのかは知るすべもないが、恐らく応分の料金を支払ってのことだろう。もちろん秘密裡に、である。

ここから先はまさに『西遊記』の世界だ。李盛鐸には八人の息子がいて、どうやら彼らが敦煌文書を入手した一九一一年から一九五〇年代まで、延々と偽造文書をつくっていたらしい。父親の李盛鐸は一九三五年に世を去ったのだが、息子たちはその後も継続して偽造文書を黙々とつくっていたというから、並の量ではなかったろう。

さて、ここで問題となるのは、西本願寺の橘瑞超と吉川小一郎が敦煌文書を入手した時期である。彼らが敦煌に滞在した一九一一年は、李盛鐸の息子たちが偽造文書をつくり始めた頃だ。一説には、李親子のみならず、王道士自身も偽造品をつくっていたと言われる。

大谷探検隊が手に入れた文書のなかにも、果たしてこうした偽物が紛れていたのだろうか。まさに現代版のミステリーである。

謎はそれだけではない。一九一〇年に清朝政府が敦煌に残っていた文書をそっくり北京に運んだはずが、敦煌にはまだどっさり文書が残っていたのだ。一九一四年、スタインが再び敦煌に姿を現し、一九〇七年と一九〇八年に買い洩らした文書を洗いざらい買いまくっていった。一九一四年になっても、敦煌の街では文書類が多数売られていたらしい。こうなるともうどっちもどっち。私は売り手にも買い手にも同情しない。

いつしか時が流れ、一九九七年六月、「ロンドン・タイムス」紙に関係者を驚愕《きようがく》させる記事が掲載された。大英図書館所蔵の敦煌文書六〇〇〇余点は偽造文書であるという記事で、同図書館研究司書スーザン・ホワイトフィールド女史が暴露したものだった。

これらの文書はスタインが二度目の敦煌訪問で入手したものだったようだ。ではなぜ、八〇年以上も経って偽造文書とわかったのだろう。これは京都大学の藤枝晃教授の研究成果だったという。

私はこの事件について詳しいことは知らないが、文書の紙質を解析したところ、新発見の敦煌文書の紙は、せいぜいこの一〇〇年ぐらい前につくられた新しいものだったらしい。古い紙が入手できず、新しい紙を使ったことから偽造が明らかになったのである。

ここで、第一章で触れたケンブリッジ大学図書館に収められた『ルバイヤート』の偽造発覚事件を思い出していただきたい。一見関係がなさそうに見える大谷探検隊の敦煌文書とケンブリッジ版『ルバイヤート』は、ちょうど同じ頃に偽造され、同じ頃にそれが発覚したことになる。

偽造の足がついたのは、紙の年代測定からだった。『ルバイヤート』の偽造が発覚したのも紙からであり、敦煌文書の偽造の手掛かりのヒントになったことは明白であろう。知らなかった、ということにはならない。

外交にも利用された『ルバイヤート』

現代のイランが置かれている立場は政治的にも微妙で、複雑な様相を見せていたが、二〇一五年の夏に核協議に合意し、欧米からの経済制裁が解除される見通しとなった。そのとたん、さっそく各国のイラン詣でが始まっているらしい。日本ももちろん例外ではない。目的は石油の輸入やイランとの新規ビジネス開発の布石だが、これを機にイラン文化も大いに輸入してもらいたいものだ。逆に私たちが知っているイラン文化を外交にもっと活用してもいいのではないだろうか。

日本の例ではないが、イラン外交に関しては、たった一例だけ妙に印象に残ったニュースがあった。正確な日付を忘れてしまったが、せいぜい数年も経たぬほどのことだったろう。

そのニュースとは、ロシアのプーチン大統領前夫人が「あなた、この本をお読みなさい」とオマル・ハイヤームの『ルバイヤート』を夫に手渡したというニュースだ。こんなことがニュースになるのも妙なことである。だいたい、一般の人で『ルバイヤート』を知っている人は少ないだろうと思われるからだ。

プーチン夫人がなぜそんなことを言ったのか、理由は説明されていなかった。また想像もできなかったが、この短いニュースを知って「これはまずいな」と直感したことは、今でもよく覚えている。彼女は夫に「もっとイランや中央アジアのことを知っておきなさい」という警告を発したのだろうと思った。

それから間もなく、プーチン大統領はトルクメニスタンの天然ガスや石油の供給を中止する声明を出した。トルクメニスタンからすぐ南のアフガニスタンを横断して、パキスタンからインド洋を抜けるパイプ・ラインがこの頃急ピッチに建設中で、アメリカの企業もすでにその輸出の準備に入っていた時のことだ。

ところがこの計画がすべて中止になり、パイプ・ラインは北と西に向かって敷設されることになった。確か、次に問題になるウクライナ方面から東方へ転換されたはずである。詳しい事情はわからないが、鋭利なプーチン夫人は、政治的背景を十分察知していたに違いない。この見えない勝負では、完全にアメリカ側の敗北だったろう。ただ、それから間もなく、プーチン夫妻は離婚してしまったようだ。このことは別に『ルバイヤート』とは関わりがなかったと思えるが。

第四章　『ルバイヤート』をめぐるエピソード

宮澤賢治と『ルバイヤート』

詩人でもあった宮澤賢治の作品のなかには『ルバイヤート』の影響が見られる――。これまで私は幾度もこう語ったり原稿に書いてきたが、ほとんど無反応か、無視された。だが、反応はどちらでもいいことだった。確かに賢治が直接『ルバイヤート』や作者のオマル・ハイヤームに言及した資料は残っていないが、調べれば調べるほど、賢治はペルシアや『ルバイヤート』の世界にある種の親しみや憧れを感じていたとしか思えない。

大半の賢治の童話や詩には、実際に自分の目で見たり、歩いた舞台が描かれている。だが賢治は、本などで知った世界も描いていた。とりわけ西域からペルシアに至るまでのシルクロード沿いの地域には、並々ならぬ関心を持っていたと思われる。西域への関心はよく知られるように、仏教への関心からつながった世界だろう。

では、ペルシアや中央アジアへの関心はどこから生まれたのか。たとえば『春と修羅第二集』に収められている『氷質のジョウ談』で、賢治はこう書いている。

職員諸兄　学校がもうサマルカンドに移つてますぞ
松の林がペルシヤなつめに変つてしまひ
花壇も藪もはたけもみんな喪くなつて
そこらはいちめん氷凍された砂けむりです
白淵先生北緯三十九度あたりまで
アラビヤ魔神がはたらくことになつたのに
大本山からなんにもお触れがなかつたですか
さつきわれわれが教室から帰つたときは
そこらは賑やかな空気の祭
青くかがやく密教風の天の椀から
ねむや鵞鳥の花も胸毛も降つてゐました
それがいまみな　あの高さまで昇華して
ぎらぎらひかつて澱んだのです

この詩に登場する「サマルカンド」は、前にも記したように一一世紀にはセルジュク朝の都市として栄え、オマル・ハイヤームとも関係があった。もちろん、これだけで賢治がハイヤームを知っていたという証拠にはならない。

サマルカンドは『千夜一夜物語』のヒロイン、シェヘラザード姫が住んでいた都市としても名高い。「アラビヤ魔神」というくだりも、『千夜一夜物語』の「アラジンと魔法のランプ」を彷彿《ほうふつ》とさせる。賢治の詩『氷質のジョウ談』には、明らかに『千夜一夜物語』の影響が見られる。

では、「青くかがやく密教風の天の椀」という言葉は、どこからきたのだろう。ちなみにこの箇所は、発表形で「青くかがやく密教風の天の椀」としていたものを、後に「密教風」を削り、定稿で「青くかがやく天の椀」となった。その理由はわからないが、注目してほしいのは「天の椀」という言葉だ。これがどうも、オマル・ハイヤームの『ルバイヤート』の一節から影響を受けたものとしか思えない。

賢治は盛岡高等農林学校に在学中、仲間数人と同人誌「アザリア」を出していた。実はこの第四号（大正六年＝一九一七年一二月発行）に、『ルバイヤート』の詩が載っている。保阪嘉内《かない》が書いた「打てば響く」という短編小説のなかで、ハイヤームの詩のなかから二篇を引用しているのだ。引用文は英語で、一八五九年に英国人フィッツジェラルドがペルシア語から英訳（初版）したものだった。二篇のうち一篇は次の作品である。

And that inverted Bowl we call The Sky,
Whereunder crawling coop't we live and die,
Lift not thy hands to It for help—for It
Rolls impotently on as Thou or I.

これを日本語に訳すと、およそこんな具合だろうか。

われらが天空と呼ぶ　あの逆さまになった椀
その下で這いまわり　閉じ込められて生死するわれら

それに手を差しのべて　助けを求めようと無駄なこと
天空とてわれらと同じ　むなしくめぐっているのだから

このうち第一行の「われらが、天空と呼ぶ　あの逆さまになった椀」という表現と、賢治の「青くかがやく密教風の天の椀」という表現は似ていて、両者とも天空がちょうど椀を伏せたような半円形をしている、とされるものだ。

ハイヤームのこの詩を「アザリア」誌上で紹介した保阪嘉内は、賢治にとって同人誌仲間であると同時に、「たった一人の友」とまで言った人物であり、保阪が『ルバイヤート』を引用した小説は賢治と掛け合いで創作している。ということは、やはり賢治はハイヤームも『ルバイヤート』も知っていた、と考えるのが自然だろう。

フィッツジェラルドの英訳版『ルバイヤート』の発売と、その一部が掲載された「アザリヤ」の発行までには、六〇年の隔たりがある。もちろん大正時代には英語版『ルバイヤート』は日本に輸入されていたが、賢治や保阪は、その現物を手に入れたのだろうか？

洋書の詩集は、当時輸入洋書の総元締だった丸善でも極めて仕入れが少なく、しかも賢治たち学生にとってはひじょうに高価だったはずだ。

しかし実は、賢治や保阪が学生だった頃、『ルバイヤート』は別に輸入本でなくても読めた。一八九九（明治三二）年、海外詩の愛好者に向けて丸善から上田敏編の『THE VICTORIAN LYRE.（ヴィクトリア朝詩華集）』が出版され、この巻頭に「RUBÂIYÂT OF OMAR KHAYYÂM」が収められている。この本は当時の文学青年たちに大きな感銘を与えたというから、賢治や保阪もこの本でオマル・ハイヤームの『ルバイヤート』に出逢っていたのかもしれない。

「天空になぞらえた椀」という表現は、賢治の他の詩にも登場する。『春と修羅　第三集』の『雲』に、こんな一節がある。

青じろい天椀のこっちに
まっしろに雪をかぶって
早池峯山がたってゐる

もう一つ例を挙げれば、『氷質のジョウ談』と同じ『春と修羅　第二集』に収められた『種山ヶ原』の下書稿にはこう表現されている。

それは土耳古玉の天椀のへり
谷の向ふの草地の上だ

ここでは「土耳古玉《とるこだま》」、つまりトルコ石を材料にした天空の形をしたお碗が詠われているが、オマル・ハイヤームの故郷ニシャプールには、実際にトルコ石でつくられたお碗も売られている。実はトルコ石はトルコではなく、前述したようにイラン北部のニシャプールがいちばんの産地で、そこでは宝石の装飾品だけでなく茶碗や盆、ワインカップなどにもふんだんにこの石が使われるのだ。

「土耳古玉の天椀」は下書原稿にしか記されず、最終稿で賢治はこの部分を削ってしまった。幾度も推敲を重ねるのは賢治の大きな特徴で、下書稿もかなり多く残されている。それらを丁寧に調べていくと、賢治が何度も書いたり消したりしているものが見つかった。

そのなかに、ハイヤームの詩にもよく詠まれているチューリップがある。

賢治が飲んだ「チューリップの酒」

宮澤賢治は自ら「酒は一切飲まない」と語っていた、と伝えられている。しかし、彼の詩と童話には、なぜか「ぶどう酒（ぶだう酒）」や「チューリップの酒」などがよく登場している。おそらく「ぶどう酒」がもっとも早く現れたのが、『春と修羅』に収められた『小岩井農場』のこんな一節だろう。

あすこなら空気もひどく明瞭で
樹でも艸でもみんな幻燈だ
もちろんおきなぐさも咲いてゐるし
野はらは黒ぶだう酒《しゅ》のコップもならべて
わたくしを歓待するだらう

一方ハイヤームは『ルバイヤート』のなかで、赤葡萄酒とチューリップをくり返し詠っている。ペルシア語の原版から、賢治の『小岩井農場』と妙に響き合う一篇を紹介しよう。

新春に　驟雨《しゆうう》はチューリップの頰を洗い、
さあ起きて、葡萄酒の盃を充して飲むんだ。
今日お前を楽しますこの青草の地面が、
明日はお前の遺体からそっくり生えようから。

ハイヤームの詩にある「チューリップの頰」とは、チューリップのような頰《ほお》をした美女とワイン・グラスの比喩だろう。片や賢治が書いた「おきなぐさ」はキンポウゲ科の花で、花が咲いたあとに伸びる白く長いうぶ毛が老人の髭のように見えることから「翁草《おきなぐさ》」の名がついた。ユリ科のチューリップとはまったく関係がなさそうだが、実は花弁が開きかけた翁草は、小さなチューリップのような形をしている。色合は赤紫、あるいはワインレッドとでも言うべき色だ。

賢治の書いた「野はらは黒ぶだう酒《しゅ》のコップもならべて」のくだりは、つぼみをふくらませようとしている翁草を、ワイン・グラスに例えたのではないだろうか。とすると、賢治の詩がハイヤームのチューリップの詩に影響されたものではないかと、ふと思えてくる。

この様子を想像してみると、野原のなかにワイン・グラスをずらりと並べて、客人を歓待しようとしているのではないだろうか。ここで思い出されるのは、トルクメニスタンの南縁、イランとの国境線沿いにあるコペット・ダグ山脈だ。せいぜい高度数十から数百メートルの山脈で樹木は一本も生えていないが、春三月になると、このゆるい緑の草地に野生のチューリップが一斉に咲き始める。それはまさに天然の絨毯を敷き詰めたような光景だ。ペルシアの新年は、三月の春分の日に当たる。

賢治が花や花壇をよく表現することは知られているが、そのなかでチューリップを表現したフレーズには、ハイヤームの詩の世界と通じるものがいくつもある。賢治の生原稿は現在、花巻市に保存されているが、かつて宮澤家にあった当時、それを見せてもらったことがある。すると、活字で表され本に収まった作品からはうかがい知れぬものが、突如出現してくる。

たとえば童話の原稿に草稿のまま残されていた『若い研師《とぎし》』（仮題）という作品のなかで、賢治は「チューリップ酒」の醸造方法を熱心に書いている。ところがこれを書いている途中で何か気が変わったらしく、今まで書いた原稿を墨で消し、「チューリップ酒」という章を一つの独立した童話に仕立ててしまう。

さらに賢治は、せっかく書いた童話を消し、そこに珍妙な謎の文字を書き残している。

R but／in dream

これが残された文字だが、最初の「R but」は、「R（u）baiyat」の省略文字とは考えられないだろうか？　明確な証拠とは言えないのが残念だが、ここにもう一つ注目すべきものがある。一九二〇（大正九）年一〇月号の「中央公論」誌に掲載された「オムマ、ハヤムと『四行詩《ルバイヤット》』全訳」と題された文章だ。言語学者の荒木茂がペルシア語から訳したもので、そのなかに次のような詩が含まれていた。

黎明鬱金香《ちゆりつぷ》の面に宿る露、
その頭をうな垂る花園の菫《すみれ》、
……（後略）

爾もし酔ひしならば、幸なれ、
鬱金香《ちゆりつぷ》の面影のものと倶にあらば、幸なれ、
……（後略）

鬱金香《ちゆりつぷ》の色めく澄める紅酒を傾け
又は酒瓶の頸より清き血を搾らん、
……（後略）

この詩を読めば、「鬱金香の色めく」酒が、赤ワインであるとわかってくる。賢治の処女詩集『春と修羅』は、ハイヤームのこれらの詩が「中央公論」誌に載ってから四年後に発行されたが、「チューリップの酒」を登場させたのは、この荒木訳の『ルバイヤート』を読んだからという可能性もある。

また、酒を飲まないはずの賢治は、どうやら野葡萄から赤ワインを自分で醸造し、飲んでいたとも思われる。当時、これは密造酒だった。実は私も、敗戦直後の一〇代の頃、自家製ワインをつくったことがある。アメリカ人夫妻から大きなイラン産の葡萄をもらい、あまりに美味《おい》しかったのでその種を庭に蒔いたところあっと言う間に育ち、数年後には立派な実が成った。しかし、食べてみると種のもとになった葡萄とはまるで違う酸っぱい実だったので、砂糖を入れて葡萄酒にしてみた。これも飲むとまずい代物だったが香りだけは最高で、その時からすっかりワイン党になってしまった。自分が毎年つくった経験から、賢治の「チューリップの酒」づくりのくだりを読むと、彼も自ら「密造」していたのではないかと確信できる。

それにしても、「酒は飲まない」はずの賢治がチューリップのように赤い酒に惹かれ、なぜ何度も詩や童話に書いたり、自家製のものを飲んでみる気になったのか。やはりそこには、オマル・ハイヤームの影響が相当あったとしか思えないのだ。
　ここで二篇、オマル・ハイヤームの作品を紹介しよう。

酒をのむなら、思慮ある人と、
それともチューリップのような美女とのめ。
ただやり過ぎれば、正体をなくすだけ、
ときには節度を守って、こっそり一人のめ。
（金子訳　59番）

さあ酒姫《サーキイ》よ、起きたまえ、もう夜が明けたよ、
水晶の酒杯に紅《くれない》の酒を注ぐのだ。
この無常という廃屋の中で、借りものの一刻を捜そうたって
そりゃいくらやろうと見つけられっこないさ。
（金子訳　60番）

最後にもう一つだけ、賢治とオマル・ハイヤームとの、かすかなつながりを示すものを紹介したい。賢治の『春と修羅』に含まれる詩『風景とオルゴール』に出てくる、奇妙な一文だ。

……（前略）
ほんたうに鋭い秋の粉や
玻璃末《はりまつ》の雲の稜に磨かれて
紫磨銀彩《しまぎんさい》に尖つて光る六日の月
橋のらんかんには雨粒がまだいつぱいついてゐる
なんといふこのなつかしさの湧あがり
水はおとなしい膠朧体だし
わたくしはこんな過透明《くわとうめい》な景色のなかに
松倉山や五間森《ごけんもり》荒つぽい石英安山岩《デサイト》の岩頸から
放たれた剽悍な刺客に

暗殺されてもいいのです
……（後略）

この詩のなかで賢治は、「わたくしは古い印度の青草」を見、刺客の現れそうなこの山は「まつ暗な悪魔蒼鉛の空に立」っているのだとも言っている。これを書いた時、賢治は日本の風景のなかにインドやペルシアを重ねて想像していたのであろう。どうもこの刺客のくだりは、前後の雰囲気からして一一世紀のペルシアで誕生したという暗殺者教団「アサシン」を彷彿とさせる。このアサシンがまた、オマル・ハイヤームと関係があることは、フィッツジェラルドの『ルバイヤート』のなかでも語られていた。

そしてもう一人、この教団のことを自分の本に書いた人物を取り上げたい。一三世紀にヴェネツィアで生まれ、遠く極東アジアにまで旅をした商人、マルコ・ポーロである。

マルコ・ポーロが描いた「山の老人」

マルコ・ポーロの『東方見聞録』は世界中で広く知られている書物の一つだが、じっくり読んだ人は意外と少ないようだ。この本は子ども向けにやさしく書き直されたものが普及しているため、すっかり「知った気」になってオリジナル版を読まないままになっている人が多いからだろう。これでは深いところを読み逃してしまう。『東方見聞録』には、大人にも役に立つ話がたくさん盛り込まれている。

有能なヴェネツィア商人であったマルコ・ポーロが辿ったルートはシルクロードでもあり、その一部はオマル・ハイヤームが書いた『ルバイヤート』の舞台でもある。実際、マルコ・ポーロは少年時代、ハイヤームの出生地ニシャプールから東に位置するバダフシャン地方に一年間ばかり滞在していた。この町はトルコ石、バダフシ・ルビー（紅玉髄）、ラピス・ラズリ、瑪瑙《めのう》など、宝石の産地として名高い。中東との貿易を行っていたマルコの父ニコロ・ポーロは、滞在先の政変を予測すると財産を宝石に替えてその地を逃れていたという。一七歳から父の商売を手伝い、アジアへの旅をともにしていたマルコも、宝石の価値を十分に知り抜いていたのだろう。

マルコの口伝を編集者が本に仕立てた『東方見聞録』は、オリジナル・テキストが失われた今ではさまざまな版が出版されているが、そのなかの一つにマルコのこんな言葉が載っている。

「私は無駄な旅はしない。たとえ転んでも、そこでつかんだ石が宝石であるような土地だけを旅してきた」

これをいま少し具体的に言えば、宝石や美人の産地以外は歩かない、ということだ。確かにマルコ・ポーロはニシャプールを始め、ダイヤモンドの産地であるインドのコロマンデル、ルビーやサファイヤが採れるセイロン島（現スリランカ）などを旅し、宝石を自国に持ち帰った。もちろん宝石ばかりではなく、中央アジア各地の産物、各地の人々の生活習慣など、マルコがヨーロッパに伝えたものは実に数多い。二〇世紀初頭に中央アジアを探検調査した人たちは、みな『東方見聞録』に残されたマルコ・ポーロの情報収集の確かさを絶賛している。

さて、ではペルシアの暗殺者教団アサシンについては、マルコはどう伝えたのか。『東方見聞録』には、「山の老人」の話として書き残されている。

山の老人とは、一一世紀の半ば頃、ペルシア北部エルブルース山中のアラムートに拠点を構え、暗殺者教団を組織したハッサン・サッバーハのことであり、イスラム教シーア派の別流イスマーイール派のなかで、とりわけ過激な思想を持っていた人物である。

サッバーハは淡水が流れる山間の峡谷に黄金の宮苑を建て、堅固な要塞までつくったという。美しい庭園にはありとあらゆる果樹を植え、葡萄酒、牛乳、蜂蜜をふんだんに用意した。宮苑には絶世の美女が暮らし、歌や踊りを見せてくれたので、一度でも訪れた者は「天国」と思い込んだ。

山の老人は、ときおり街に下りては一二歳から二〇歳までの青年を選び出し、宮苑へ連れていく。と言っても、彼らに薬を一服盛り、深い眠りにつかせて運び込むので、実際は拉致である。

宮苑で目覚めた青年たちは、美酒と美女に酔い、快楽の限りを尽くし、いつか刺客としてさまざまな訓練を受けるのだ。この天国の生活をいつまでも享受したい、と強く思い込む頃、彼らはもといた現実の社会に連れ戻されてしまう。すっかり気落ちして生きる気力をなくす若者に、山の老人はこう語りかける。

「もう一度あの天国に戻りたいか？　なら誰々を殺害して来い。そうしたら、お前の望みを叶えてやろう」

こうして一一世紀から一二世紀までのペルシアで、国の重要人物や領主たちが暗殺者の手で次々と消されていった。山での生活で、青年たちはインド産の大麻草を常用させられていたのだ。大麻草はハシーシとの呼び名があり、これが後に「暗殺者」を意味する「アサシン」の語源となったと言われている。

マルコ・ポーロが記した「山の老人」の歴史的背景はなかなか複雑なうえ、もとはペルシアではなくシリアでだけ暗殺が行われていたとも言う。これについてはさまざまな報告があるが、より詳しいのはやはりマルコ・ポーロの報告のようで、彼は一二七三年にペルシアを旅した時「山の老人」の風説を聞いて語っている。これがやがて一般にまで広まり、山の老人について歴史や記録文書にまで記されるようになったらしい。

では、マルコ・ポーロの『東方見聞録』で紹介されるペルシアの暗殺者教団とオマル・

ハイヤームは、どのような関係があったのか。実は暗殺者教団の創立者ハッサン・サッバーハとハイヤームは少年時代の学友だったという。彼らはもう一人の友を交え少年時代にある約束を交わしたと言われるが、その伝説については次の項で説明しよう。

ハイヤームと暗殺者教団との関わり

さて、アサシンの語源ともなった中世ペルシアの暗殺者教団を率いたのがハッサン・サッバーハであったことは、すでに述べた通りである。イスラム教には多くの宗派があるが、サッバーハはイスマーイール派の熱心な信者で、同派の教主であったカイロのファーティマ朝カリフに忠誠を誓っていた。実際にファーティマ朝の宮廷に仕えたこともあり、やがてイスマーイール派の要人にとって邪魔になる人物を暗殺するための集団を形成した。

そのサッバーハの出自がハイヤームと同じホーラッサン地方の家系で、先祖はトゥスの出身だったという。ホーラッサン地方のニシャプールで学校に通ったサッバーハは、そこで歳が同じハイヤームと出逢い、少年時代に友情を育んだ。二人はともに、偉大な学者イ

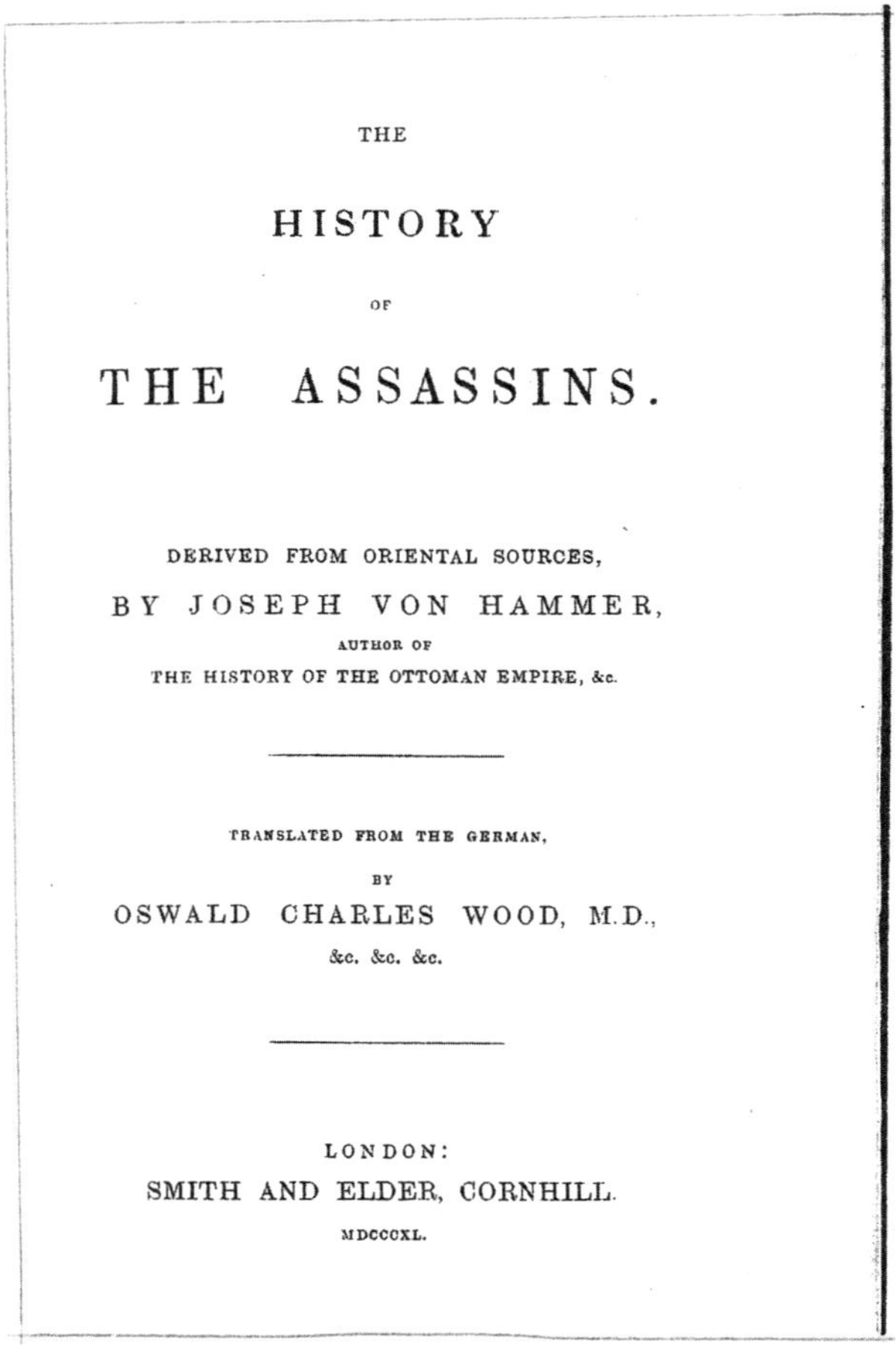
THE

HISTORY

OF

THE ASSASSINS.

DERIVED FROM ORIENTAL SOURCES,

BY JOSEPH VON HAMMER,

AUTHOR OF

THE HISTORY OF THE OTTOMAN EMPIRE, &c.

TRANSLATED FROM THE GERMAN,

BY

OSWALD CHARLES WOOD, M.D.,

&c. &c. &c.

LONDON:

SMITH AND ELDER, CORNHILL.

MDCCCXL.

フォン・ハンマー著『アサッシンの歴史』(英訳、1840年刊)。初版はドイツ語版1817年。暗殺者教団に関する初めての歴史書。西欧で大きな影響を与えた

マム・ムハリク・ムワファクの教室で机を並べていたのだ。彼らにはもう一人仲のいい友人がいて、若い三人はこんな誓いを立てた。

「この三人のうち、人生で最初に成功を遂げた者が残り者の生活を助けよう」

成人後、最初に出世したのは、名をハッサン・ブン・アリー・アル・トゥースィーと言う、三人目の男の子だった。セルジュク朝の二代目スルタン、アルプ・アルスラーンに仕えた彼は、瞬《また》く間に頭角を現し、宰相となって王から「ニザム・ウル・ムルク（王国の秩序）」の称号を与えられた。

栄誉と富を得たニザム・ウル・ムルクは、少年の日の約束を果たすべく、まずハッサン・サッバーハの頼みを聞き入れ、彼を政府内で厚遇した。二代目スルタンが死去すると、ニザム・ウル・ムルクは一七歳で三代目スルタンとなったマリク・シャー一世のアタベクとなる。アタベクとは後見人、幼い君主の後見役のことだが、実際は君主を補佐するだけでなく、政治や軍事に関する決定権も持っていた。

第二章でマリク・シャー一世時代に支配地が大幅に拡大し、文化的な事業も進んだことを説明したが、それはスルタンたるマリクの手腕ではなく、アタベク兼宰相としてマリクに寄り添っていたニザム・ウル・ムルクの非凡な才によるものだった。実際、行政から軍隊、教育など多方面で新政策を打ち出し、組織改革を実現したニザム・ウル・ムルクの業績は、今も語り継がれている。マリク・シャー一世の宰相時代、バグダードなどセルジュク朝の主要都市に次々と学校をつくったことも有名で、これらの学校は彼の名を取って「ニザミーヤ学院」と呼ばれた。

そして、マリク・シャー一世が天文学者、数学者、また医師としてハイヤームを宮廷に呼び寄せ、さまざまな仕事を依頼したのも、実はニザム・ウル・ムルクの助言によるものだったのである。

こうして幼い頃の約束は果たされ、いずれも宮廷の仕事に就いた三人の人生は「安泰」のはずだったが、ニザム・ウル・ムルクは一〇九二年に暗殺されてしまう。しかも、実行犯は幼馴染《おさなな》み《じ》のサッバーハが率いる暗殺者教団の刺客だった。

ニザム・ウル・ムルクとサッバーハのあいだに、何が起きたのか。一説によると、サッバーハは生来妬み深い性質で、セルジュク朝に職を得たものの地位が低いこと、ニザム・ウル・ムルクばかりがスルタンに重用され、寵愛《ちょうあい》を受けていることに激しく嫉妬していた。

子ども時代のあてにならない約束をきちんと守り、自分を引き立ててくれた恩人を逆恨みしたのである。しかし、初めは暗殺など考えず、ただニザム・ウル・ムルクを失脚させる陰謀を図ったが、失敗したため職を辞して一度はエジプトに去った。それでも恨みは消えず、再びペルシアに戻って、暗殺指令を出したのだという。

一方、イルハン朝後期（一三三五〜一三五三年）の歴史家ムスタウフィー・カズヴィーニーが伝えるには、ニザム・ウル・ムルクの暗殺は、スルタンの目の前でサッバーハに恥をかかせたことが原因だった。二代目スルタンの命令で国の総支出額について報告書をつくる際、「一年かかる」と言ったニザム・ウル・ムルクに対抗し、サッバーハは四カ月でそれを完成させてしまった。

それを知ったニザム・ウル・ムルクは密かにサッバーハの報告書の順番をごちゃごちゃにし、王の前でそれを読み上げようとしたサッバーハは、そのせいでうまく報告することができなかった。しかもその時、ニザム・ウル・ムルクに「無学者」呼ばわりされて恨み、後に暗殺者教団を組織した時、ニザム・ウル・ムルクの名を暗殺者リストのトップに書いたという。

さらにもう一つ、ニザム・ウル・ムルクの暗殺はサッバーハの暗殺者教団とは無関係で、マリク・シャー一世の妃《きさき》に恨みを買ったのが理由である、という説もある。マリク・シャー一世の死後、後継者選びで妃とニザム・ウル・ムルクは対立し、そのために殺されたのだと。いずれの説が真実やら、今や誰にも解き明かせないが、ともあれハイヤーム、サッバーハ、ニザム・ウル・ムルクの「三人の誓い」は、今も有名な伝説として広く知られている。

しかし、実はこの伝説自体、「つくり話」らしい。ハイヤームはもちろん、サッバーハもニザム・ウル・ムルクも実在した歴史上の人物で、サッバーハの暗殺者教団も確かに暗躍した。だが、この三人が少年時代に机を並べることは不可能なのである。

まず、生年不詳のサッバーハは、歳こそハイヤームに近いが、生まれたのはテヘラン近郊のライという街で、少年時代はエジプトの学校に通ったらしい。サッバーハは、故郷ライの北西にある山岳地帯アラムートで城砦《じょうさい》を手に入れ、暗殺者教団を組織したあとはそこを拠点として暮らした。ちなみにアラムートの城砦は「難攻不落」と言われたが、サッバーハの死から一三〇年余りあとの一二五六年、モンゴル軍によって陥落し、今はまったくの廃墟と化している。

ニザム・ウル・ムルクは「ホーラッサン地方の生まれ」という点でハイヤームと共通しているが、一〇一七年（一説には一〇一八年）の生まれで、年齢的にハイヤームより三〇歳ほど年上である。マリク・シャー一世に仕えたハイヤームは、マリクの後見人にして宰相であったニザム・ウル・ムルクとも面識はあった。

メルブの天文台建設に直接関わっていたのもニザム・ウル・ムルクであり、ハイヤームとニザム・ウル・ムルクの関係は良好だったかもしれない。しかし、それは大人になってからのことで、子ども時代をともに過ごしたはずはないのである。

後世に残る科学的功績と詩を残したハイヤーム、今も名高い暗殺者教団を組織したサッバーハ、名宰相としてペルシア史に記されるニザム・ウル・ムルク。いずれ劣らぬ個性的な三人を主役に据えた伝説は、今後も消えずに語り継がれることだろう。そしてこの三人にはこんな共通点があると、現代のイラン人詩人で『ルバイヤート』の選者でもあるサデイク・ヘダーヤトは語る。

「ハイヤーム、サッバーハ、ニザム・ウル・ムルク。彼らはみな、他国人によるペルシア支配とその統治に対峙《たいじ》し、それぞれペルシア人の生活様式や価値観を擁護した人物なのです」と。

『シンドバードの冒険』に引用された『ルバイヤート』

マルコ・ポーロが辿った道は今で言うシルクロードであり、オマル・ハイヤームの詩集『ルバイヤート』の舞台でもあると書いたが、さらにいま一つ『千夜一夜物語』の舞台でもある。『千夜一夜物語』もまた、『東方見聞録』と同じように、子ども向けのダイジェスト版のほうが広く読まれている。というより、日本では子ども向けにした版しか真剣に読まれていない、と言ったほうが正しいだろう。しかし、『東方見聞録』がそうであるように、『千夜一夜物語』も決して子どものための本ではない。

『千夜一夜物語』の起源はどうやらインドで、西暦八世紀か九世紀頃に原型ができ、初めはペルシア語で書かれたものがアラビア語に訳され、世界へと広まっていったものらしい。ヨーロッパでは一八世紀の初めにフランス語版が出版され、他の国の言語にも次々と訳された。その間、内容にもさまざまなヴァリエーションが加わっていく。

『ルバイヤート』と同様、『千夜一夜物語』も古い時代の写本類をめぐる発見競争がつづき、コレクターのための豪華装丁本も数多くつくられた。いくつかの写本や豪華装丁本は各国の国立図書館などに競って収められているが、これらのなかからよくできた偽物が発見されたのも『ルバイヤート』と同じである。

日本語版の『千夜一夜物語』が最初に出版されたのは一八七五（明治八）年で、『開巻驚奇　暴夜物語』（永峰秀樹訳、奎章閣）と題し、英語版から訳された。そして一八八三（明治一六）年になると、今一冊『全世界一大奇書』（井上勤訳、報告堂書舗）の題で翻訳出版された。ただこれらは、決して子ども向けの本ではない。多分、明治初期の時代に生きた日本人には、回教（イスラム教）などまるでわけがわからなかったろう。

その後も別の英語版やフランス語版などから日本語へ翻訳されたが、内容すべてが訳された版はバートン版を除けばほとんどないに等しい。エロティックな描写も多い『千夜一夜物語』は、そのまま訳すと日本では「猥褻《わいせつ》図書」となってしまうのだ。子ども向けの『千夜一夜物語』が出版されるまでには、長い時間がかかった。

ご存じのように『千夜一夜物語』は、シェヘラザードという若く賢い女性が、自分の夫

كتاب الف ليلة وليلة
الطبعة الثانية
مقابلة وتصحيح الشيخ محمد
قطة العدوى
الجزء الثاني
طبع بمطبعة
عبد الرحمن رشدي بك
الكائنة ببولاق
سنة ١٢٧٩

ブラック版のタイトルページ。『千夜一夜物語』のアラビア語版は、エジプトのカイロ郊外のブラックで初めて印刷された（1836年）。1862-63年に第２版が出版され、西欧の翻訳本は大半がこのブラック版を底本にしたとなった王に、夜毎《ごと》面白い物語を語っていく。王は最初の妻の不貞現場を目撃して以来、極度の女性不信に陥り、新しい妻を迎えて一夜を過ごしては次々と殺していった。だが、何番目かの妻に迎えたシェヘラザードが語る話は面白く、いつもいいところで終わってしまうので、つづきが聞きたいばかりに王は彼女を殺さず毎日話のつづきに耳を傾ける。

シェヘラザードが語る話の数や内容は版によってみな違いがあるが、原型は主にペルシアの説話で、インドに起源を持つものもあるという。なかでも有名な『シンドバードの冒険』は、マルコ・ポーロが実際に辿った道と舞台がかなり重なっている。

この『シンドバードの冒険』にもいくつものヴァージョンがあるのだが、実は『ルバイヤート』が出てくる版もあるというから紛らわしい。オマル・ハイヤームの人柄についてはは大変なへそ曲がりであったと伝えられるが、彼の『ルバイヤート』は宝石箱のようなものので、これと関わっていると、とんでもない珍奇なものに時々ぶつかる。

その一つが、「ジュヴァイニ時代以前の『シンドバード・ナーメ』に、ハイヤームのルバーイイが五篇含まれている」という伝説だ。『シンドバード・ナーメ』のナーメは書物という意味で、もちろん『千夜一夜物語』の『シンドバードの冒険譚《たん》』のことである。

THE SINDIBĀD NĀMAH.

ANALYTICAL ACCOUNT OF THE SINDIBAD NĀMAH, OR BOOK OF SINDIBAD, A PERSIAN MS. POEM IN THE LIBRARY OF THE EAST-INDIA COMPANY.*

Ad historiam ingenii humani pertinere credo, scriptores omnis generis omniumque ætatum cognoscere.—*Matthæi.*

THE researches of Oriental scholars have, of late years, thrown considerable light on the origin of many of those fictions which have long enjoyed the popular favour in the West; and the farther the inquiry has been carried, the more convincing has become the evidence of their Eastern origin. It seems also to be now more generally admitted, that whatever nation may be entitled to claim the merit of inventing the apologue, it was in India that the idea was first conceived of a composition, in which, independently of its individual interest, the relation of every separate fable should be made subservient to the moral purposes, and promote or retard, as occasion might require, the action of a tale, enforcing moral duties in regular sequence, and so constructed in its frame-work as to receive each subordinate narrative in its appropriate place.

One of the most successful specimens of this class, in point of popularity, is the *Book of Sindibad*—which must not be confounded, as it has sometimes been, with the tale of Sindbad the Sailor. This work has been translated, or, with various modifications, and under different names, re-produced, in several Eastern languages, and had at an early period found its way into some of the languages of Europe, whither it may have been first brought by the crusaders.

1st. That a poem was written in Persian under the title of the *Sindibád Námah*, by Azrakí, who died at Herat, A.H. 527; this work is mentioned in his life by Daulatshah.* The learned Von Hammer has, in his *Geschichte der schönen Redekünste Persiens*, converted this into the *History of Sindbad and Hindbad*, a supposition for which none of the *Tazkirahs* afford any ground, and which the description given by Lutf Alí Bég, in his 'Atishkadah, and by other biographers, of the nature of another of the principal works of Azrakí, renders less probable. It might be worth the while of scholars to inquire whether the poem of Azrakí is still to be found in Persia. It does not appear to exist in any of the libraries of Europe.

2nd. That Sindibad is quoted by Saadi, who died A.H. 691 (A.D. 1291), in the following verse of the *Bostan*:†

چه نغز آید این نکته در سندباد

که عشق آتش است ای پسر تندباد

東インド会社の旧蔵の『シンドバットの書』1841年版のタイトルページ。この書にはルバーイイが引用されているというが、なかなかそのテキストが見つからない

よく知られるように、船乗りシンドバードが人生で七回の航海に乗り出し、莫大な財宝（宝石）と香料を手に入れる奇想天外な冒険談で、もとはインドが起源の物語だという説もある。この物語にハイヤームのルバーイイがどう関わっているのか興味津々だが、現在読むことができる『シンドバードの冒険』には、なぜかハイヤームも彼のルバーイイも登場しない。一説には、一一六〇、六一年にアラビア文字で表されたペルシア語の散文で書かれた、と言われているが、なぜかそう簡単には見つからない。

しかし、なおも調べていくうち、一八一四年という遠い昔、東インド会社がハイヤームのルバーイイを含む『シンドバード・ナーメ』の写本を入手し、しばらく保存した後、大英図書館に移したことがわかった。そこで大英図書館に交渉し、その原本コピーを好意で見せてもらった。原文はせいぜい二五ページほどだが、単行本としては一般に出版されなかったということだ。

さて、その中身だが、内容が晦渋《かいじゅう》なうえ、ペルシア語をアラビア文字で表し、他にも中東のさまざまな言語で書かれているため、理解がむずかしい。東インド会社が入手した『シンドバード・ナーメ』は、一〇世紀のインドで著名だったマスウディによって語られたものという。マスウディによるとシンドバードはインドの哲学者の著作品と言い、もとはアラビア語かペルシア語で書かれたらしいが、詳しいことはわからないようだ。ただこの版本をざっと見ていくと、「楽園《パラダイス》の美女《ニンフ》」とか、ボハラ、ホータン、カシュガールなどの地名が出てくる。しかしハイヤームのルバーイイは本文中には見つけられず、どうやらこのテキストには入っていないらしい。

一九六〇年になると、B.E.ペリーによる『シンドバードの書の起源』(B.E.Perry, *The Origin of the Book of Sindbad*, Berlin, 1960) がドイツで発売された。同書は未知谷から日本語訳も刊行されているが、このなかでペリーは、シンドバード物語の起源はペルシアにあると唱えている。しかし残念ながら、シンドバード物語と『ルバイヤート』の関連性については触れられていない。

古くから言われていた通り、『シンドバード・ナーメ』にはさまざまな異写本があったはずで、そのどれかにきっとハイヤームの詩が含まれているのだろう。何とか見つけ出せればこれまで未知だった海のシルクロードの世界が浮かび上がってくるのかもしれないが、これは夢のなかの夢なのかもしれない。

ハイヤームが残した予言

さて、ハイヤームと彼の残した『ルバイヤート』をめぐる旅も終わりに近づいた。ここで思いを馳せるのは、ハイヤームの晩年の日々である。一〇世紀から一一世紀におけるペルシアで科学者として宮廷に仕え、国の名誉となるような功績を残した者なら、普通は恵まれた晩年を過ごせたろう。なら果たしてハイヤームの晩年はどんな暮らしだったのだろうか。

細かいことは不明だが、五五歳を迎えた一一〇三年に巡礼の旅をし、その後は故郷ニシャプールに戻って公の仕事から退いた。その時に詠んだ詩が、次のものだと言われている。

隠棲とは、見つけられる唯一の友、
人が良いか悪いかなどどうだってかまわない。
まず初めに捜すことは、いかに暮らしていくかで、つぎに考えることは他人のこと、ただそう思ったときだけ。

宮仕えを辞したあともハイヤームは時々スルタンに呼ばれ、狩猟に適した晴天の日などを占星術で割り出すよう依頼された。しかし、普段は「隠遁生活」をつづけ、人前にはめったに姿を見せなくなったらしい。

ハイヤームは生涯独身だったという説もあるが、イスラム圏の婚姻はそれほど堅苦しいものではない。妻は四人まで持てるが、財力がないと複数の妻や子を養うのはむずかしいため、何度も結婚と離婚をくり返す場合もあるという。現在のイスラム社会でも、生涯に五〇回近い結婚と離婚を重ねている人がけっこういる。

ハイヤームの家族については父親の職業ぐらいしか定かではないが、引退後は酒を飲みながら詩作にふける時間がたっぷり持てたことだろう。人生の晩年を詠んだハイヤームの作品は実に多い。いくつかを挙げてみよう。

幼い頃には師について学んだもの、

長じては自ら学識を誇ったもの。
だが今にして胸に宿る辞世の言葉は――
　水のごとくも来り、風のごとくも去る身よ！

（小川訳　37番）

わが背骨は時の重みに撓《たわ》み、わが務めは、
全て不首尾に終わった。人生は死出の旅につくばかり。
そこで言ったよ、おれは行かないと。すると答えに、
家が潰《つぶ》れかかっているというのに、一体どうしようてんだい。

（金子訳　29番）

わが心は、けっして学問を疎んじて来た訳ではなかった、
だが神秘というやつは、どれも騙さぬものがなかった。
七十二年の歳月、日夜瞑想にふけったというのに、
学んだことといえば、なにひとつないことを知った。

（金子訳　48番）

最後の詩は、七二歳の時に詠んだのだろう。ハイヤームは八三歳まで生きたが、七二歳の頃には、「もう死期が近い」と感じていたようだ。彼を慕い、一説には一時期弟子入りしていたニザーミー・アルズィーが、ハイヤームの死に関するエピソードを『チャハール・マカーラ』という本に記している。その時の情景を、ハイヤームの詩からいくらか想定して、描いてみることにしよう。

一二世紀の始め頃、ニシャプールの東方にあるバルフの町を訪れたニザーミーは、知人で土地の有力者アミール・アブー・サード・ジャッラの家で開かれていた宴で、たまたま敬愛するハイヤームと出逢う機会を得た。その時ハイヤームは独言《ひとりごと》のようにこう語ったという。

「わたしは間もなく世を去るだろうが、わたしの墓は、毎年春になると木々が花を二度咲かせ、二度散らす場所につくられるだろうよ」

けげんな顔つきで眺める一座の人たちの目を鋭くとらえたハイヤームは、さらに低い声でこう言い添えた。

バグダッドでも、バルフでも、命はつきる。
酒が甘かろうが、苦かろうが、盃が満ちるのは同じ。
たのしむがいい、おれと君と立ち去ってからも、
月は満ち欠けを繰り返すだろうから。

いつか月が出て庭を白々と照らし、夜もかなり回った頃、今宵の酒宴も終わり、ニザーミーが別れを告げるべく席を立とうとすると、ハイヤームは今一篇詠んでくれた。今度は、はっきりと独語ではなかった。

死んだらおれの屍《しかばね》は野辺《のべ》にすてて、
美酒《うまざけ》を墓場の土に振りそそいで。
白骨が土と化したらその土から
瓦《かわら》を焼いて、あの酒甕《さかがめ》の蓋《ふた》にして。

（小川訳　78番）

ニザーミーはハイヤームの言葉に疑いを持ったわけではないが、なぜ自分の墓について予言をしたのかよく理解できず、この話はそのままいつか忘れてしまった。

それから二〇年以上の月日が流れ、ニザーミーはニシャプールを旅したが、この時すでに尊敬するハイヤームは還《かえ》らぬ人となっていた。聞くところによると、街の郊外にある墓地に埋葬されたという。そこで案内人を伴って訪ねてみると、ハイヤームの墓は土塀に囲まれた場所にあった。

そこでニザーミーの目に飛び込んできたのは、墓の上を覆っている白とピンクのおびただしい花びらだった。思わず周りを見回すと、墓の隣にある庭園から桃の木と杏《あんず》の木がハイヤームの墓所へと枝を伸ばし、美しい花びらを散らしていた。

この瞬間、ニザーミーはかつてバルフで聞いたハイヤームの言葉が脳裏によみがえったという。折しも季節は春。自ら予言した言葉そのまま、「木々が二度花を咲かせ、散らす場所」で、ハイヤームは永遠の眠りについていたのだった。

しかし、生前ハイヤームは詩のなかで、遺言のようなこんな言葉も残している。

愛《いと》しい友よ、いつかまた相会うことがあってくれ、
酌《く》み交わす酒にはおれを偲《しの》んでくれ。
おれのいた座にもし盃《さかずき》がめぐって来たら、
地に傾けてその酒をおれに注《そそ》いでくれ。

（小川訳　83番）

こちらも小川訳で大変見事だと思っているが、原文とはちょっとニュアンスが違って、内容がよくわからないところがある。どうやら今は自分もいない空席の座にもし酒盃がめぐってきたら、どうかこれを逆さにして、地面にそっくり注いでくれと言っているらしい。

ニザーミーが訪れたハイヤームの墓はニシャプールのイマム・マハルの敷地にあり、死去の年はイスラム暦五一六年と刻まれていたという。西暦に直すと一一三一年の一二月四日と言われてきた。ただゴヴィンダ・ティラー説では一一二二年三月二三日と言われるものの、どうやら一一三一年が正しいらしい。埋葬がどういったものだったかもわからない。イスラム世界でも、その土地によって風俗風習が異なり、埋葬方法も一つではないからだ。

一九八〇年から九〇年代にかけて、北アフガニスタンからニシャプールに近いいくつか

のイスラム教徒の墓所を、許可を得て訪れたことがある。そこではすべて土葬墓だった。墓穴は深く掘らず、新しい墓地は地面の地表の土が盛り上がり、人を埋めた痕跡《こんせき》を残していた。時が経つにつれ、盛り上がった地面は少しずつ低くなり、やがて平坦になっていく。ハイヤームの墓もこのようなものだったかもしれないが、最初の墓はもう失われてしまってわからない。

ハイヤームの最期については、アリ・イブン・ザイドの記録をもとに、後世の歴史家がこう伝えている。

死期を間近にしたハイヤームはイブン・スィーナーの『治療の書』を手に取り、心理学を扱った章を開いた。その章を読み進んで「一と多」の箇所にくると、彼は黄金の楊枝でそこに印をつけ、親族を呼び寄せて自分の決意と最後の指示を語って聞かせたという。

そのあとハイヤームは祈禱師《きとうし》に言葉をかけ、息を引きとる前に自らの平安を神に祈った。

彼の最期の言葉は、こう伝えられる。

「神よ、わが才知のすべてに従って、あなたのことを知っております。まことにわが知識が、神に対する推奨の言葉になることを、どうかお許しください」

口さがない批評家やハイヤームを疎ましく思う人たちは、「こんな挿話がハイヤームの名声を高めるのに一役買っているのだ」と口々に皮肉る。死後も浴びせられる非難の声を、ハイヤームはどこで聞いているのか。

現在、オマル・ハイヤームの墓はニシャプールの街にあり、そこには新しい廟が建っている。立派な廟だが、その周囲には樹も花もない。

もしハイヤームの廟を訪れる機会があったならば、彼の詩の一篇でも思い返し、日本語でつぶやいてみるのも一興かもしれない。

なにびとも楽土や煉獄《れんごく》を見ていない、
あの世から帰って来たという人はない。
われらのねがいやおそれもそれではなく、
ただこの命――消えて名前しかとどめない！

（小川訳　91番）

おわりに

本書は「ルバイヤート」の研究書でないので、著者が好き勝手に書いてしまったため、参考資料にはまったくならないと思う。本書では、たくさんのルバイヤートを引用したが、この処理が大変に難題で、この訳文を引用する際、他の方の訳文を引用するにはどうしても躊躇させられるものがあった。それは訳者によって日本語の訳文のニュアンスがみな違ってくるので、引用がむずかしかったからである。

そこで本書のなかの引用は、小川亮作氏のものと著者のものをもとにし、他者の訳文は原文から著者がすべて直接訳したものを使うことにした。本文で用いたものは岩波文庫版の小川氏の訳と、拙訳版の『ルバイヤート』（自家版、二〇〇三年）からとったものは、各々引用の下に（小川訳）（金子訳）と記しておいた。

スワミ・ゴヴィンダ・ティラーによると、オマル・ハイヤームのルバイヤートは総数で一一一四篇、これに偽作と思えるものが二四六篇、その他はっきりしないものが八五三篇もあるという。ともかくこれから疑わしい作を差し引いても大変な数である。そこであとは彼の作品を読んで、自己判断するしかないようである。『ルバイヤート』に関する文献は大変なものなので、本書では省略させていただいた。ただ、イラン人の著者による『オマル・ハイヤームと四行詩』（コスモ・ライブラリー）の出版に気づくのが遅かったため、参考にできなかったのが大変残念である。

本書の元となる原稿を集英社の新書編集担当の伊藤直樹氏が丁寧に読んでくださり、さらに浅野恵子氏が詳細に検討してくださった。詩集とも詩の研究書ともつかぬ文章を修正し、新書に仕立ててくださったお二方にはお礼の申し上げようもない。

本書の出版に関しては、新書編集長の樋口尚也氏、集英社社長の堀内丸恵氏のお蔭である。また、いろいろ貴重なお話をしてくださった石山亮氏にも、心から感謝の意を申し上げたい。

もうかなり以前のこと、東京赤坂のホテルで雄松堂主催の国際洋書古書市が開かれたことがあった。この時『ルバイヤート』の豪華特装本が展示出品された。ただこの詳しい出品経緯を知らなかったので、いつか旧知の雄松堂書店会長の新田満夫氏にお訊ねしようと思っていたら、何と本書ゲラの校正中の二〇一五年一〇月二七日に突然急逝されてしまった。このためこの本の由来をお聞きできなかったことが、かえすがえすも残念である。

著者

金子民雄（かねこ たみお）

一九三六年、東京生まれ。日本大学商学部卒業後、西域探検史、ヘディン研究の第一人者として、中央アジア史と東南アジア史の調査研究を続ける。哲学博士。『聖地チベットの旅――カイラス、マナサロワール紀行』（連合出版）、『ヤングハズバンド伝　激動の中央アジアを駆け抜けた探検家』（白水社）、訳書『チベット遠征（ヘディン著）』『ヘディン交遊録――探検家の生涯における17人』（中公文庫ＢＩＢＬＩＯ）、訳書『ツアンポー峡谷の謎（F．キングドン-ウォード著）』（岩波文庫）等著訳書多数。

ルバイヤートの謎《なぞ》　ペルシア詩《し》が誘《いざな》う考古《こうこ》の世界《せかい》

集英社新書〇八三四Ｃ

二〇一六年五月二二日　第一刷発行

著者……金《かね》子《こ》民《たみ》雄《お》

発行者……加藤　潤

発行所……株式会社集英社

東京都千代田区一ツ橋二-五-一〇　郵便番号一〇一-八〇五〇

電話　〇三-三二三〇-六三九一（編集部）
〇三-三二三〇-六〇八〇（読者係）
〇三-三二三〇-六三九三（販売部）書店専用

装幀……原　研哉

印刷所……大日本印刷株式会社　凸版印刷株式会社

製本所……ナショナル製本協同組合

定価はカバーに表示してあります。

ISBN 978-4-08-720834-4 C0210

a pilot of wisdom

集英社新書　好評既刊

哲学・思想——C

上司は思いつきでものを言う　橋本 治
デモクラシーの冒険　姜 尚中／テッサ・モーリス-スズキ
新人生論ノート　木田 元
乱世を生きる 市場原理は嘘かもしれない　橋本 治
ブッダは、なぜ子を捨てたか　山折 哲雄
憲法九条を世界遺産に　太田 光／中沢 新一
悪魔のささやき　加賀 乙彦
「狂い」のすすめ　ひろさちや
越境の時 一九六〇年代と在日　鈴木 道彦
偶然のチカラ　植島 啓司
日本の行く道　橋本 治
新個人主義のすすめ　林 望
イカの哲学　中沢 新一／波多野 一郎
「世逃げ」のすすめ　ひろさちや
悩む力　姜 尚中
夫婦の格式　橋田壽賀子

神と仏の風景「こころの道」　廣川 勝美
無の道を生きる——禅の辻説法　有馬 頼底
新左翼とロスジェネ　鈴木 英生
虚人のすすめ　康 芳夫
自由をつくる 自在に生きる　森 博嗣
不幸な国の幸福論　加賀 乙彦
創るセンス 工作の思考　森 博嗣
天皇とアメリカ　吉見 俊哉／テッサ・モーリス-スズキ
努力しない生き方　桜井 章一
いい人ぶらずに生きてみよう　千 玄室
不幸になる生き方　勝間 和代
生きるチカラ　植島 啓司
必生《ひっせい》 闘う仏教　佐々井秀嶺
韓国人の作法　金 栄勲
強く生きるために読む古典　岡 敦
自分探しと楽しさについて　森 博嗣
人生はうしろ向きに　南條 竹則

a pilot of wisdom

- 日本の大転換　中沢新一
- 実存と構造　三田誠広
- 空《くう》の智慧、科学のこころ　ダライ・ラマ十四世／茂木健一郎
- 小さな「悟り」を積み重ねる　アルボムッレ・スマナサーラ
- 科学と宗教と死　加賀乙彦
- 犠牲のシステム　福島・沖縄　高橋哲哉
- 気の持ちようの幸福論　小島慶子
- 日本の聖地ベスト１００　植島啓司
- 続・悩む力　姜尚中
- 心を癒す言葉の花束　アルフォンス・デーケン
- 自分を抱きしめてあげたい日に　落合恵子
- その未来はどうなの？　橋本治
- 荒天の武学　内田樹／光岡英稔
- 武術と医術　人を活かすメソッド　甲野善紀／小池弘人
- 不安が力になる　ジョン・キム
- 冷泉家　八〇〇年の「守る力」　冷泉貴実子
- 世界と闘う「読書術」　思想を鍛える一〇〇〇冊　佐高信／佐藤優

- 心の力　姜尚中
- 一神教と国家　イスラーム、キリスト教、ユダヤ教　内田樹／中田考
- 伝える極意　長井鞠子
- それでも僕は前を向く　大橋巨泉
- 体を使って心をおさめる　修験道入門　田中利典
- 百歳の力　篠田桃紅
- 釈迦とイエス　真理は一つ　三田誠広
- ブッダをたずねて　仏教二五〇〇年の歴史　立川武蔵
- 「おっぱい」は好きなだけ吸うがいい　加島祥造
- イスラーム　生と死と聖戦　中田考
- アウトサイダーの幸福論　ロバート・ハリス
- 進みながら強くなる　――欲望道徳論　鹿島茂
- 科学の危機　金森修
- 出家的人生のすすめ　佐々木閑
- 科学者は戦争で何をしたか　益川敏英
- 悪の力　姜尚中
- 生存教室　ディストピアを生き抜くために　内田樹／光岡英稔

a pilot of wisdom

集英社新書　好評既刊

愛国と信仰の構造 全体主義はよみがえるのか
中島岳志／島薗 進　0822-A
危機の時代、人々はなぜ国家と宗教に傾斜するのか。気鋭の政治学者と宗教学の泰斗が日本の歪みに迫る！

「文系学部廃止」の衝撃
吉見俊哉　0823-E
大学論の第一人者が「文系学部廃止」騒動の真相とともに、「文系知」こそが役立つ論拠を示す画期的論考！

漱石のことば
姜尚中　0824-F
ベストセラー『悩む力』の著者が、漱石没後一〇〇年に〝名言集〟に挑戦。混迷の時代に放つ座右の書！

イスラームとの講和 文明の共存をめざして
内藤正典／中田 考　0825-A
中東研究の第一人者とイスラーム学者が、世界に先駆けてイスラームと欧米の「講和」の理路と道筋を語る。

「憲法改正」の真実
樋口陽一／小林 節　0826-A
自民党改憲案を貫く「隠された意図」とは何か？ 憲法学の権威ふたりによる「改憲」論議の決定版！

ひらめき教室「弱者」のための仕事論〈ノンフィクション〉
松井優征／佐藤オオキ　0827-N
テレビで大反響。大ヒット漫画の作者と世界的デザイナーによる「弱者」のための仕事論、待望の書籍化！

世界を動かす巨人たち〈政治家編〉
池上 彰　0828-A
超人気ジャーナリストが、現代史の主役を担う六人の政治家の人物像に肉薄。待望の新シリーズ第1弾！

すべての疲労は脳が原因
梶本修身　0829-I
「体の疲れ」とは実は「脳の疲労」のことだった！ 疲労のメカニズムと、疲労解消の実践術を提示する。

安倍官邸とテレビ
砂川浩慶　0830-A
「免許事業」であるテレビ局を揺さぶり続ける安倍官邸。権力に翻弄されるテレビ報道の実態を示す。

普天間・辺野古 歪められた二〇年
宮城大蔵／渡辺 豪　0831-A
「返還合意」が辺野古新基地建設の強行に転じたのはなぜか？ 不可解な普天間・辺野古の二〇年に迫る！